DU MÊME AUTEUR

Aux Éditions Gallimard

UNE LANGUE VENUE D'AILLEURS, coll. « L'un et l'autre », 2011 (Folio n° 5520).
MÉLODIE. CHRONIQUE D'UNE PASSION, coll. « L'un et l'autre », 2013 (Folio n° 5811).
PETIT ÉLOGE DE L'ERRANCE, 2014 (Folio 2 € n° 5821).
UN AMOUR DE MILLE-ANS, *roman*, 2017 (Folio n° 6523).
ÂME BRISÉE, *roman*, 2019 (Folio n° 6941).

Aux Éditions Arléa

DANS LES EAUX PROFONDES. LE BAIN JAPONAIS, coll. « La rencontre », 2018.

AKIRA MIZUBAYASHI

REINE DE CŒUR

roman

nrf

GALLIMARD

En mémoire de
Jiro et Aïko Mizubayashi,
mes parents

Mon oncle reçut un sabre de son supérieur, un lieutenant, et dut couper la tête du prisonnier. Le supérieur était un jeune lieutenant, tout juste sorti de l'Académie militaire. Mon oncle, bien entendu, ne voulait pas accomplir ce geste atroce. Mais désobéir à l'ordre d'un supérieur, c'était se mettre dans une situation très grave. Il n'encourait pas qu'une simple sanction. Parce qu'au sein de l'armée impériale, l'ordre d'un supérieur, c'*était* un ordre de l'empereur.

HARUKI MURAKAMI, *Le Meurtre du Commandeur*,
livre 2, *La Métaphore se déplace* (2018)

— Une lame mouillée coupe mieux... Kaji, reste là, toi. Tu es mon témoin officiel... (*Après l'exécution froidement accomplie du premier condamné à mort chinois.*) Tu leur diras qu'ils n'ont qu'à tenter de s'évader, s'ils veulent avoir la tête coupée... Au suivant!

La Condition de l'homme, première partie,
film de MASAKI KOBAYASHI (1959)

La plupart de mes symphonies sont des monuments funéraires. [...] Je pensais aux cellules des prisonniers, à ces effrayants terriers où les hommes sont enterrés vivants. Ils attendent qu'on vienne les chercher. On peut devenir fou de peur. Beaucoup de gens ne supportaient pas cette tension et devenaient fous. Je le sais. L'attente de l'exécution est un des thèmes qui m'ont torturé toute la vie.

Témoignage. Les mémoires de Dimitri Chostakovitch,
propos recueillis par SOLOMON VOLKOV

PREMIER MOUVEMENT

Un homme, deux femmes

1

Depuis l'incident de Mukden en 1931, le Japon mène une guerre d'agression coloniale en Chine. En février 1945, six mois avant l'effondrement de l'Empire nippon, les opérations militaires de l'armée impériale ne faiblissent pas en Mandchourie, semant toujours la terreur dans la population.

Debout à côté d'un tonneau rempli d'eau à ras bord placé tout près d'une énorme fosse fraîchement creusée, le sergent-major Ashibé sort de la poche de sa veste un grand carré de tissu blanc et essuie, de la garde à la pointe, le sabre qui brille de tout son éclat. Le tissu s'imbibe immédiatement de sang, d'un sang fumant, rouge sombre.

— Tu as vu comment il faut faire ? À toi, Mizukami. Vas-y.

Ashibé tend son arme à Jun Mizukami, jeune soldat de troisième classe.

Le soleil d'hiver est à son zénith.

Le sabre dénudé, fier de son irisation argentée, enorgueilli de sa puissance meurtrière, éblouit le soldat de mille feux. Il est aveuglé par la clarté ; mais, subitement, il bascule dans l'épaisseur ténébreuse d'une encre noire comme si, dans une salle des fêtes parfaitement éclairée à la tombée de la nuit, une panne d'électricité vous plongeait brusquement dans l'obscurité la plus totale.

Des gouttes de sueur coulent le long de ses tempes. Quelque chose comme un énorme insecte à pattes poilues ou une couleuvre visqueuse glisse silencieusement sur son dos moite le long de sa colonne vertébrale, sous son maillot de corps trempé qui imbibe déjà sa veste de gros drap. Il ne voit rien. Il n'entend rien. Tout est noir, tout est calme. Mais, soudain, émerge une tête d'homme ensanglantée aux cheveux noirs mouillés de sueur. Elle tombe dans la fosse. On dirait que sa bouche tordue est sur le point de vociférer des imprécations. La tête dessine un mouvement descendant sans cesse recommencé et d'une extrême lenteur. Lorsqu'elle échoue au fond de la fosse pour la énième fois, quelque chose de massif se lève en lui violemment, comme si un mammifère marin manquant d'air au fond des eaux cherchait à refaire surface. Il ne tient plus debout. Il se prend le ventre à deux mains pour stopper l'avancée irrésistible d'un raz de marée qui lui secoue les tripes. Brusquement, des vomissures jaunes lui sortent par la bouche et par le nez.

— Qu'est-ce qui t'arrive, Mizukami ? Tu es tout blême ! lance le sergent-major Ashibé avec un sourire sardonique. Allez, c'est à toi de te montrer digne de l'armée de Sa Majesté impériale ! Vas-y !

En prononçant « Sa Majesté impériale », le sergent-major se met instantanément au garde-à-vous, et il conserve cette position pendant de longues secondes. Un rictus moqueur se dessine de nouveau sur ses lèvres épaisses, tandis que, les yeux mi-clos, à peine visibles dans l'ombre projetée de son képi jaune kaki, le militaire jette un regard de mépris sur le jeune soldat.

— Oui, sergent-major, répond celui-ci d'une voix cassée.

L'éclat insoutenable du sabre empoigné par la grosse main poilue du militaire lui coupe le souffle. Six Chinois rebelles aux yeux bandés, ravalant leurs sanglots de peur, font l'impossible pour garder leur dignité. Leurs camarades massivement présents, assis par terre comme écrasés par le soleil froid et ses rayons tranchants, rassemblés en groupes d'une dizaine étroitement surveillés par des soldats à la baïonnette, n'osent pas lever le regard. Personne ne parle. Les ouvriers chinois, abandonnés à eux-mêmes, sont accablés par le poids de ce monde rempli de terreur, d'une terreur à faire taire les divinités suprêmes.

— Bigre ! crie le sergent-major d'une voix rocailleuse. Qu'est-ce que tu attends, espèce de poule mouillée ? Vas-y ! Dépêche-toi ! Montre-moi que tu es un vrai Japonais, un vrai soldat nippon ! J'espère que tu n'as pas perdu ton âme à cause de ta chère musique efféminée !

Un mépris satanique gagne tout le visage du militaire. Esseulé, poussé dans ses derniers retranchements, le pauvre troisième classe n'a d'autre choix que de se saisir du long sabre de samouraï sorti de son fourreau. La main droite, imperceptiblement tremblante, du soldat terrorisé avance timidement, avec une lourde hésitation, palpable.

— Non... sergent-major, je ne peux pas... Excusez-moi... Non... je ne peux pas... Vraiment, je ne peux pas, sergent-major... il m'est impossible de faire ça... non, franchement, ce n'est pas possible..., balbutie le jeune homme à voix basse.

— Qu'est-ce que tu dis, espèce de connard ! C'est un ordre ! C'est moi qui t'ordonne de faire ça ! Souviens-toi de ce qui est écrit en toutes lettres dans le Rescrit impérial aux militaires et aux marins[1]. L'ordre d'un supérieur équivaut à l'ordre de Sa Majesté impériale. Je ne te laisserai pas dire que tu l'as oublié !

De nouveau, Ashibé, proférant « Sa Majesté impériale » sur un ton d'absolue soumission, se tient obséquieusement au garde-à-vous.

— Non... sergent-major... non... je ne crois pas... je ne crois pas qu'on puisse faire ça... Non, vraiment, ce n'est pas possible... Je n'ai pas... Je n'ai pas le droit... On n'a pas le droit de faire une chose pareille...

— On n'a pas le droit ? Tu débites là des balivernes ! Je ne te demande pas ton avis. Je te demande de passer à l'acte ! Tu n'as pas le droit de désobéir à mon ordre ! C'est mon commandement, le commandement de ton supérieur ! C'est celui de *Sa Majesté impériale* par conséquent ! Sinon, tu seras accusé de haute trahison contre l'essence sacrée de notre grand empire nippon. Tu te rends compte de ça ?

— ...

Un silence lourd s'installe quelques dizaines de secondes... Sans dire un seul mot, Ashibé agrippe la main

1. Le Rescrit impérial aux militaires et aux marins (1882) appelait à la fidélité absolue chaque membre de l'armée nipponne à l'égard de l'empereur. Tous les militaires devaient apprendre par cœur la totalité du texte. Avec le Rescrit impérial sur l'éducation (1890) adressé à l'ensemble des sujets japonais, il constitue le fondement de l'idéologie nationale de l'Empire du Grand Japon.

droite du soldat Mizukami et l'oblige à prendre le long sabre, tandis que deux de ses subalternes forcent un jeune insurgé chinois à se mettre à genoux sur le bord de la fosse béante au fond de laquelle gisent deux têtes tranchées à côté de leurs corps sans doute encore chauds, balancés quelques instants auparavant par un simple coup de pied du sergent-major. Le soldat, dans le rejet de tout et de lui-même, tremble de tout son corps.

Soudain, un rideau blanc tombe et lui voile les yeux. Il ne voit plus rien. S'ouvre alors en lui et au-dessus de lui une caverne où résonnent des sons multiples et graves venant de nulle part ou d'un ailleurs infiniment lointain : sur un fond de notes glissant en sourdine s'élèvent bientôt des cris d'oiseaux étouffés s'intensifiant pour céder à la fin à une succession de trois grondements sinistres. Puis, après un silence de quatre ou cinq secondes, se mettent à frémir des sons martelés. Mais ce martèlement obsédant fait place bientôt à une avalanche de sons sauvages ressemblant à des râles d'agonie émanant de la gueule ouverte d'un fauve mourant, une avalanche diluvienne de sons suraigus sur laquelle se détachent clairement d'innombrables et furieux coups de marteau en bois comme des battements de cœur qui ne cessent de s'accélérer jusqu'à la crise cardiaque fatale...

— ... !

Un cri strident débagoulant son nom déchire le fond sonore et fait jaillir du sang rouge vif sur le tissu d'une blancheur éclatante qui occupe tout son champ visuel.

Broyé sous le poids d'une hiérarchie militaire au sommet de laquelle est assis un prince divinisé, le petit soldat ne peut pas faire autrement que de se résigner à prendre enfin l'arme blanche d'une parfaite courbure géométrique. Il la tient maintenant avec ses deux mains. Une jubilation perverse affleure sur le visage du militaire qui observe le moindre geste du fantassin novice. Celui-ci se rapproche du condamné à mort agenouillé au seuil du gouffre, qui étouffe ses gémissements de peur dans l'imminence de son exécution. Le bidasse, effrayé, brandit le sabre, ferme ses yeux perlés de gouttes de sueur ; il tressaille. L'officier, triomphant, scrute son visage.

— Vas-y... ! Montre-moi que tu es un vrai Japonais, digne de l'armée de Sa Majesté impériale !

Tout à coup, une VOIX intérieure s'élève du fond des ténèbres : « Non, tu ne peux pas faire ça, tu ne DOIS PAS... tu es un HOMME avant d'être un Japonais... Tu es nécessairement un homme, et ce n'est que par hasard que tu es japonais... Ta naissance est un pur hasard. Il n'y a pas de quoi être fier... Par contre, sois fier d'être un homme, un HOMME... »

— Vas-y... !

Le cri du sergent-major retentit de nouveau. Alors les deux bras du soldat s'abattent furieusement, obtempérant à la voix sauvage de son supérieur. La lame frappe l'épaule droite du jeune insurgé. Du sang gicle en même temps qu'un cri monstrueux perce les tympans du bourreau.

— Espèce d'idiot !

Le malheureux fantassin, raide comme un robot, ouvre les yeux. Une grande entaille longitudinale, bouillonnant de sang vermeil, envahit tout son champ visuel.

— Tu n'y arrives pas parce que tu y vois une tête d'homme ! Dis-toi que ce n'est qu'une pastèque à fendre sur une plage !

Le féroce militaire arrache son sabre des mains de son subalterne terrorisé. Il se met alors dans une de ces postures qu'un samouraï adopte au cours d'un duel à mort, tenant en l'air des deux mains l'arme fatale, et sans différer, il pousse un cri de bataille débordant de haine. En une seconde, la tête du jeune Chinois tombe dans le grand trou. Elle s'enfonce dans la terre encore boueuse des fortes pluies de la veille. L'officier victorieux, après avoir jeté un coup d'œil vertical sur le charnier, donne, avec une insouciance dédaigneuse, un violent coup de pied au corps décapité, à ce corps vêtu d'une chemise jaunâtre de toile grossière, à cette masse de muscles tendus à l'extrême, les deux mains liées dans le dos par une corde tressée.

Le sergent-major et le soldat de troisième classe sont face à face. Leurs vestes sont tachées de macules de sang. Le visage du subalterne, moucheté de rouge sombre, sillonné de larmes et de sueur, blêmit soudainement. Il est pris d'une nausée violente; il ne peut pas s'empêcher de vomir tout ce qu'il a dans l'estomac jusqu'à la dernière goutte de suc gastrique mêlée de bile verdâtre.

Dans la tête du soldat Mizukami retentissent de nouveau les trois grands coups sinistres, ces trois coups terrifiants à en déchirer les tympans, entendus quelques minutes auparavant. Il voit avec frayeur un sabre suspendu au-dessus de lui, une longue lame tranchante qui brille de tout son halo. Brusquement, il sent ses pieds trempés dans ses bottes de piètre qualité : l'eau de la boue passe à travers la semelle de peau de requin. Il glisse, il perd son équilibre en même temps qu'il se sent partir…

Enfin, le soldat s'écroule à terre comme un vieil arbre rongé par des termites.

Une musique puissante, presque assourdissante, exécutée par l'ensemble des instruments d'une grande formation symphonique surgit brutalement de la nuit la plus profonde. Les percussions, les cordes, les bois, les cuivres, dont se détachent surtout les trompettes, au nombre de trois, assurant une série descendante de trois lignes mélodiques montantes constituées chacune de trois notes éclatantes, forment l'acmé des tensions rythmique et émotionnelle. Mais, soudain, un calme tombe sur la base des cordes jouant en trémolo *fortississimo*, aussitôt transformé en *pianissimo* comme pour faire apparaître un spectacle de désolation. C'est alors qu'on entend, dans le tremblement du temps qui semble s'étirer à l'infini, le chant sanglotant d'un cor anglais traduisant la solitude du soldat, son état de déréliction désespérante. La conscience mi-éveillée, mi-endormie de Jun Mizukami évanoui erre dans l'immensité d'un désert ténébreux où ne se profile aucune figure humaine.

Il se réveille en sursaut dans l'obscurité de la caserne et l'odeur de sueur crasseuse émanant des corps d'homme étendus tout autour de lui. Allongé, il jette son regard vers les lits superposés qu'il aperçoit à sa gauche. Personne ne bouge dans le silence que seuls quelques petits ronflements de-ci de-là troublent de temps à autre. L'image horrible de la tête qui tombe dans la fosse, celle du jeune révolté chinois, lui revient et lui soulève le cœur.

Qu'est-ce qui s'est passé après ? se demande-t-il.

2

Un jour de mai 1940.

Il fait chaud pour la saison. Les troupes allemandes viennent d'envahir la Belgique, les Pays-Bas et le nord de la France. Des foules d'hommes, de femmes et d'enfants, partis de Paris et de ses environs, se ruent vers le sud, les campagnes verdoyantes, là où il y a encore un quotidien possible, de l'espoir, des nuits calmes suivies de jours jalonnés de petites tâches de la vie exécrablement banale et précieusement monotone. Des familles, des groupes d'hommes et de femmes, assis sur des charrettes chargées de valises, de sacs, d'objets disparates, tirées péniblement par un cheval de trait en sueur, avancent lentement; d'autres grappes de gens hétéroclites, installés dans leur tacot, vont un peu plus vite, faisant attention à ne pas renverser les marcheurs. Beaucoup de gens, en effet, sont à pied, seuls ou accompagnés d'enfants, poussant un chariot ou une bicyclette transportant des baluchons de petite ou moyenne taille. Vu de loin, l'ensemble forme un impressionnant défilé de véhicules et de silhouettes noires, semblable en cela à un cortège funèbre sauf qu'il en émane continuellement des cris perçants et des bruits insolites déchirant le voile silencieux de la nature environnante.

Au milieu de la foule immense, serpentante, avance une vieille camionnette noire chargée à pleins bords, conduite par un homme d'une cinquantaine d'années aux cheveux grisonnants. C'est Fernand. À côté de lui est assise sa nièce Anna, une jeune femme de vingt à vingt-cinq ans tenant des deux mains son ventre proéminent, s'épongeant le front de temps à autre à l'aide d'une petite serviette. Les vitres avant sont largement ouvertes. Fernand est en bras de chemise, tandis qu'Anna est habillée d'une ample robe bleue à pois blancs sans manches qui peine à cacher sa grossesse avancée. Les cheveux ondulés châtain clair qui lui descendent jusqu'aux épaules flottent à la brise.

— Ça va, tonton, tu n'es pas trop crevé ?

La voix féminine est claire et chantante. L'homme se contente de hocher la tête, en lâchant d'une voix étranglée un « non » presque inaudible. Quelques instants plus tard, la jeune femme reprend :

— Le chemin est encore long… il faut que tu te reposes de temps en temps…

— C'est toi qui me dis ça, avec ton gros ventre ! Quand on sera arrivés là-bas près du bois… on fera une petite pause, beaucoup de gens feront pareil…, répond l'oncle d'un ton affectueux, en s'essuyant, lui aussi, le front avec une serviette bleu pâle usée.

Fernand, tout en parlant, manœuvre son véhicule pour le garer sur le bord de la route à une cinquantaine de mètres du petit bois.

— On s'arrête déjà ? demande Anna d'un air dubitatif.

Il coupe le moteur sans lui répondre. Il met alors ses mains ouvertes derrière les oreilles comme pour mieux entendre. Anna regarde son oncle, arrête de respirer deux secondes ; et elle lui lance :

— Oui, c'est des avions qui arrivent… Il faut aller là-bas, dans ce bois ! On sort, tonton !

À mesure que l'imperceptible ronronnement des chasseurs bombardiers, couvert un temps par le brouhaha ininterrompu des conversations, devient un bourdonnement de plus en plus menaçant, la masse humaine se met à bouger et à courir comme un dragon géant déterminé à poursuivre sa proie. Le refuge se trouve au bas du petit talus, après le pont qui traverse la rivière large d'une trentaine de mètres. Le quinquagénaire et sa nièce enceinte s'empressent de sortir de la voiture et s'avancent vers le petit bois. Elle trottine, la main dans celle de son oncle, tandis que se dessine sur le visage crispé de celui-ci une ombre d'inquiétude. Accélérant le pas, elle a peur de tomber. Il faut qu'elle soit d'une extrême prudence. Les gens se cognent, se bousculent dans l'empressement général, ce qui donne lieu naturellement à des échanges d'injures, même parfois à des empoignades plus ou moins violentes. Fernand et Anna contournent deux hommes qui se chamaillent au beau milieu du pont encombré. Ils arrivent enfin, cahin-caha, de l'autre côté de la rivière. Ils sont essoufflés comme des phoques.

Maintenant, on entend très distinctement le bruit des avions de guerre. Les deux mains sur son ventre gonflé, la jeune femme lève les yeux vers la voûte du ciel d'azur. Une trentaine de taches noires, planant à une altitude élevée, dessinant une forme étrange comme celle que compose un vol d'oiseaux migrateurs, procèdent tout à coup à une descente verticale vertigineuse. Des cris d'alerte et des pleurs de panique s'élèvent de partout. Les hommes et les femmes, d'une seule coulée, s'enfoncent à la queue leu leu dans le bois, lâchant tout ce qu'ils ont, tout ce qui les embarrasse.

— Ça va, ma petite ? Il faut se cacher là-bas, sous les arbres ! On se dépêche sans se presser !

— Oui, on y arrivera, on y arrivera ! Il faut qu'on y arrive !

Au moment où avec plusieurs autres personnes partageant le même sort, ils se faufilent dans un recoin du refuge naturel formé par de grands chênes qui se dressent autour d'eux, ils entendent une déflagration infernale de bombes lancées du côté du pont qu'ils viennent tout juste de quitter. Les oreilles couvertes par les mains, ils sont maintenant tous vautrés sur le ventre, sauf la femme enceinte qui, couchée sur le côté, se recroqueville comme pour protéger l'enfant qu'elle porte en elle. Ils restent immobiles, souffle étouffé, pendant que plusieurs vagues d'attaques aériennes s'enchaînent avec, chaque fois, des dizaines d'explosifs déversés sans pitié. Une énorme détonation vient de retentir près de la cachette ombragée où sont allongés plusieurs dizaines de corps. Au bout de cinq minutes longues comme une éternité, les vrombissements des bombardiers s'éloignent peu à peu pour disparaître progressivement ; et c'est alors que se fait entendre, sans que personne s'y attende, le frémissement du vent traversant le bois, caressant doucement les visages collés au sol. On rouvre les yeux, on détache les mains de ses oreilles.

On se lève avec un soulagement mêlé de méfiance. Le regard de l'oncle croise celui de sa nièce.

— Ça va, ma grande ?

— Oui, mais quel vacarme terrifiant ! J'ai très mal aux oreilles...

— C'est normal, avec toutes ces bombes qui sont tombées... J'espère que ça ne t'a pas déchiré les tympans... Tu entends bien ?

— Ça va... J'entends en tout cas ce que tu me dis...

— Il fait un peu frais ici. Reste là, je vais chercher ton cardigan.

Elle regarde tout autour d'elle, tandis qu'il s'apprête à grimper le petit talus afin d'aller rejoindre l'auto abandonnée. Le bois, désormais silencieux, est encore rempli de fumée et de nuages de poussière, mais lentement, très lentement, tout recommence à bouger. La masse humaine se remue à nouveau ; les marcheurs se remettent en route ; les moteurs redémarrent ; les paroles d'hommes et de femmes, fort confuses, s'échappent derechef de toutes les bouches comme les pépiements des oisillons au retour de leur mère, victuaille dans son bec. C'est à ce moment-là qu'un cri strident de femme déchire le brouhaha ambiant.

Anna, surprise, regarde du côté d'où vient le cri. Fernand, ayant trouvé parmi les affaires laissées dans la voiture le cardigan en laine de sa nièce, se retourne machinalement dans la direction du hurlement. Il aperçoit, à travers la fumée qui se dissipe progressivement, un attroupement d'hommes et de femmes dans une clairière à l'intérieur du petit bois. Soudain, une clameur sauvage, semblable au râle d'une bête qui se meurt, s'élève ; mais, très vite, elle diminue d'intensité en même temps que la foule se disperse pour former en quelques secondes le long de la route une procession affolée et murmurante.

Fernand remarque que seule sa nièce reste debout, immobile, tel un hibou, là où, quelques instants auparavant, attirés par le cri perçant à glacer le sang, hommes et femmes s'étaient rassemblés. Il se hâte de rejoindre la jeune femme statufiée. À trois mètres derrière elle, il lui lance :

— Ça va, Anna ?

Elle ne bouge pas, pétrifiée.

— Mon Dieu ! s'écrie l'oncle.

Immédiatement, il prend la femme enceinte dans ses bras, pour la forcer à détourner son regard de la tête mutilée par l'explosion, la tête d'un homme sans corps, dont on ne peut même pas deviner l'âge. Le visage décomposé d'Anna s'enfouit alors dans la poitrine de son oncle, lui-même tétanisé.

Deux heures plus tard, ils sont toujours là, dans le petit bois désormais désert. Fernand a déniché, à une dizaine de mètres de la tête, derrière des broussailles, le reste du corps, vêtu d'un bleu de travail déchiré, imbibé de sang rouge-noir. Il a creusé un trou avec la bêche qu'il avait placée, en partant, dans un coin de la camionnette, pensant au jardinage qui l'attendait chez son frère, exploitant d'un modeste lopin de terre dans l'Aveyron. Il a réussi tant bien que mal à réunir la tête et le corps et à les poser au fond de la fosse. Maintenant il commence à la combler à l'instar d'un vrai fossoyeur.

Il se retourne en s'essuyant le front avec la manche : sa nièce est debout, elle lui tourne le dos, la tête baissée, les yeux fermés, comme si elle était plongée dans un recueillement profond.

— Assieds-toi, ma grande ; repose-toi, tu vas te fatiguer comme ça, dit l'oncle affectueusement.

Anna l'écoute. Elle s'assied. Mais, face à cet homme sauvagement tué, encore en vie quelques instants auparavant, elle ne peut s'empêcher de faire quelque chose. Pour cet homme mort seul, manifestement loin de chez lui et de ses proches ; mais aussi pour son oncle qui l'enterre, ne pouvant supporter de l'abandonner dans cet état irrémissible : elle s'est plongée naturellement dans une prière improvisée, poussée par la force irrépressible d'un sentiment intense qu'on ne peut appeler autrement que commisération. L'horreur, absolue, est là ; et une voix intérieure s'élève de la couche la plus profonde de son cœur pour résister à l'inacceptable. Cette voix sans voix, sans vibration sonore, est plus puissante que l'épouvante causée par l'image insoutenable du corps détruit…

La fosse est comblée. Une croix de taille modeste improvisée, faite de deux branches d'arbre un peu tordues, est maintenant dressée sur un petit monticule de terre noire fraîchement remuée. On dirait la tombe d'un petit chien. Les deux ombres humaines, l'une plus grande que l'autre, ne bougent pas. Elles restent silencieuses et immobiles pendant de longues minutes tel le couple de paysans dans *L'Angélus* de Jean-François Millet. Puis, l'une dit à l'autre :

— Allez, on y va, ma petite.

Anna ne répond pas, la tête penchée, prise entre les deux mains. Fernand se place devant elle. Elle est blême.

— Tu ne te sens pas bien ?

— Si, si…

Au moment où, aidée par son oncle, elle se lève doucement, Anna est prise d'un violent malaise ; moins d'une demi-seconde plus tard, elle vomit tout ce qu'elle peut, une grande quantité de matière gluante, comme si elle voulait protéger son enfant de toutes les impuretés, comme si elle avait besoin de se purifier de tout ce qu'elle a ingurgité auparavant, de tout ce qu'elle avait dans les tripes jusqu'à la dernière goutte de liquide digestif.

3

25 mai 1945, Tokyo.

Ayako est jeune. Elle travaille à l'hôpital militaire de Tokyo en qualité d'infirmière. Ce jour-là, elle a pris un congé supplémentaire pour s'occuper de sa mère alitée depuis presque une semaine à cause de la fièvre typhoïde. Ça fait deux jours qu'elle n'est pas allée travailler. La forte fièvre qui ne baisse pas et qui épuise la malade quinquagénaire inquiète sa fille. Ayako a montré sa mère à un médecin de son hôpital. Celui-ci, préoccupé par l'épuisement de la patiente, lui a indiqué un nouveau médicament rarement prescrit en cette période de pénurie générale.

Elle part de chez elle vers dix heures et demie pour aller se procurer ce nouveau médicament. À onze heures et demie, elle passe à la pharmacie de l'hôpital militaire, puis elle fait quelques courses dans le quartier de Toyama. Tenant dans la main gauche un sac en toile de lin contenant quelques victuailles et l'enveloppe du précieux remède, elle se dépêche de rentrer à la maison. Il est midi passé. Elle habite à Nogata, dans l'arrondissement de Nakano, avec sa mère veuve; elle y loue une modeste maison en bois recouverte d'un enduit à base de goudron de houille comme la plupart de celles habitées par les gens modestes. Elle prend le train à Shinjuku. Elle descend à Nakano, marche en direction de Nogata. C'est alors qu'elle entend dans le ciel clair un bourdonnement sourd et grandissant. Depuis le mois de novembre, Tokyo est la cible de bombardiers B29. Le 10 mars, la ville a subi un raid dévastateur : toute la moitié est de la capitale a été embrasée ce jour-là. On pouvait aisément imaginer, à partir de la vision apocalyptique de la destruction, l'ampleur des dégâts humains et matériels. Deux mois ont passé depuis. Elle se souvient, avec une rage sourde, de la déclaration du Premier ministre Kuniaki Koiso : « Les dégâts sont minimes, il faut continuer à se battre pour défendre la ville de Sa Majesté impériale. »

En moins d'une minute, le vrombissement devient menaçant. Ayako s'arrête et sort de son sac une capuche molletonnée pour l'enfiler; puis elle reprend sa marche, accélérant le pas. Lorsqu'elle arrive au bout de l'avenue de Nakano en remontant vers le nord, elle tourne à gauche pour s'engager sur l'avenue de Waseda. Soudain, la sirène avertisseuse d'un raid aérien retentit. Le bruit des avions de guerre prêts à lâcher leurs bombes devient alors étourdissant. Ayako hésite. Va-t-elle s'abriter dans une ruelle entre deux pâtés de maisons ? Ou faut-il plutôt continuer à marcher en bravant le danger afin d'arriver le plus vite possible auprès de sa mère ? Mais, au moment même où elle se pose cette question, elle est troublée par la vision d'une petite fille de sept ou huit ans, coiffée d'un chaperon de protection, habillée d'un *monpé*, une sorte de pantalon ample en coton bleu marine resserré à la cheville, imposé à tous les individus de sexe féminin par les autorités gouvernementales et militaires. Elle est perdue au milieu des passants apeurés qui s'agitent tous azimuts comme s'ils étaient des prisonniers cherchant désespérément à s'échapper d'un château labyrinthique en flammes. Machinalement, Ayako accourt auprès de la petite fille.

— Qu'est-ce que tu fais là ? Où sont tes parents ?

Dadadadadadadadadada ! Babababababababababa !... Le bruit infernal de plusieurs dizaines de bombardiers volant dans le ciel bas comme de monstrueux insectes venimeux empêche l'enfant effrayée d'entendre la grande personne et de saisir les mots que celle-ci crie de toutes ses forces.

La fillette se met à sangloter au lieu de lui répondre.

Ayako répète la question. L'enfant redouble de pleurs.

— Tu ne peux pas rester là toute seule, ma petite, c'est trop dan...

Dadadadadadadadadada ! Babababababababababa !... Une deuxième vague de bruits insoutenables de bombardiers empêche l'infirmière de terminer sa phrase. Machinalement, la main de la jeune femme prend celle de la petite fille égarée.

— Je ne peux pas te laisser là... Tu viens chez moi. On cherchera ton papa et ta maman après... D'accord ?

La fillette continue à crier à pleins poumons. L'infirmière, quant à elle, pense à sa propre mère qui, combattant une fièvre persistante, doit être morte d'inquiétude dans le hurlement affolé des sirènes d'alarme. Repoussant cependant l'image obsédante de sa mère allongée sur un mince futon, elle s'enfonce dans une ruelle étroite et obscure en tirant la main de la gamine. L'infirmière et la petite fille qui suffoque de sanglots vont se réfugier sous l'auvent d'une baraque en s'appuyant, accroupies, contre le mur en bois goudronné. Ayako attend, étouffant sa respiration, tandis que la fillette, de son côté, modère ses pleurs, observant sa protectrice muette. Quelques minutes plus tard, les sirènes se taisent. Ayako croit le calme revenu. Elle regarde l'enfant qui a cessé de pleurer et qui la dévisage droit dans les yeux, vautrée au fond de la peur et comme médusée par l'apparition miraculeuse d'une sauveuse. Ayako lui sourit et serre la main de la petite dans les siennes.

— Je t'emmène dans ma maison maintenant. Et après, on ira chercher ton papa et ta maman. On ne va pas courir, mais on va se dépêcher, d'accord ?

La fillette, apaisée, hoche la tête.

— Allez, on y va.

Donnant le signal du départ, l'infirmière se lève d'un coup et se met à marcher d'un bon pas. Elle a dans une main son sac en toile de lin, dans l'autre la petite main froide, un peu tremblante, de la fillette. Les deux ombres, l'une grande, l'autre petite, rejoignent l'avenue de Waseda ; dans quelques minutes, elles vont tourner à droite pour se rapprocher de la maison. C'est le chemin le plus court. Elles longent une enfilade de baraques tout aussi noires les unes que les autres. L'infirmière et la gamine marchent côte à côte, comme une mère et sa fille qui ne la quitterait pas d'un pouce, mais la capuche en coton nouée autour du cou de la jeune femme l'empêche de voir l'enfant. Seule sa main sent la présence de la fillette à travers cette petite main qui empoigne la sienne. Ayako est impatiente d'arriver chez elle. Dans quel état va-t-elle retrouver sa mère ? Elle imagine la peur ou plutôt la panique qui doit s'emparer de la malade malgré sa conscience brumeuse sous la poussée de la forte fièvre. Il faut lui faire prendre le médicament le plus vite possible. Et si les sirènes se remettent à hurler ? Il faudra qu'elle aille se réfugier avec sa mère dans l'abri antiaérien. Mais comment faire toute seule ? Le cœur agité et l'esprit bouleversé lui font accélérer le pas. Elle sent la résistance de la petite main ; elle a l'impression de tirer toujours davantage le poids du petit corps de la fillette.

Elles ont encore deux cents mètres à faire… Depuis un moment, de nouveau, Ayako entend dans le ciel un bourdonnement incessant. Brusquement, les sirènes d'alerte se déclenchent. Ça va en augmentant… Encore deux cents mètres ! Il faut se dépêcher… On arrivera à temps avant l'attaque… avant que ces maudits bombardiers B29 ne vomissent leurs feux d'enfer… Oh là là, déjà ? Le bruit des avions de guerre, qui lui semblait encore assez lointain un instant auparavant, se rapproche à chaque seconde. Qu'ils sont effrayants, ces monstrueux oiseaux de mort, dans leur descente fulgurante ! La tête penchée, l'œil fixé au sol, la jeune femme poursuit néanmoins sa marche déterminée, sans ralentir le pas. L'enfant la suit cahin-caha.

La mère d'Ayako, au plus fort du bruit des bombes qui tombent au loin et tout près, se débat dans un délire hallucinatoire provoqué par la fièvre. Voyant le toit de la maison s'effondrer sur elle, elle pousse un cri d'horreur et se retourne sur son futon, voulant protéger sa fille qu'elle croit allongée à côté d'elle.

Ayako tremble. Des images affreuses s'insinuent malgré elle derrière ses paupières. Elle est assaillie par une vision : celle de sa maison en train de brûler et de sa mère alitée à l'intérieur. Elle croit entendre les cris répétés de la malade et ça la rend folle d'inquiétude. Mais en même temps, elle entend aussi grommeler, au plus profond de son cœur, la voix de sa mère suffoquée, mais étrangement posée, s'élevant comme d'un trou de ténèbres. Non, ce n'est pas possible, on n'a pas le droit de la faire mourir comme ça dans cet état ! Elle finira quand, cette maudite guerre ? Si ça continue, tout le monde en crèvera ! Tout le monde...

Tout à coup, un vacarme d'enfer, d'une violence inouïe, lui déchire le tympan et, simultanément, une terrible bourrasque de chaleur lui brûle le visage malgré la capuche protectrice qu'elle porte. Mais elle ne bronche pas. Elle est habitée par une seule idée : regagner son foyer, revoir le visage de sa mère en vie, même s'il est pâle, même s'il est crispé de douleur, même s'il est agité de convulsions. Elle hâte le pas sans prêter la moindre attention à ce qui se passe autour d'elle. Cependant, une troisième ou quatrième vague de B29 survole la ville avec un bourdonnement continu. Plusieurs dizaines de bombes incendiaires viennent d'être larguées. On dirait que de gigantesques poissons aériens flottant dans un immense aquarium à ciel ouvert répandent leurs déjections avec une souveraine désinvolture.

Encore cent cinquante mètres, se dit l'infirmière, lorsqu'une deuxième déflagration plus assourdissante que la

première fait trembler le sol sous ses pieds. Elle flageole. Une fraction de seconde plus tard, elle manque d'être emportée par une énorme masse d'air chaud plus puissante que la bourrasque du typhon le plus redoutable qu'elle ait connu jusque-là ; elle est effrayée à l'idée que les bombes qui s'écrasent encore plus près sont bien pires que cette onde de choc. Elle a peur, mais elle sait qu'elle est toujours vivante, il faut résister à la peur coûte que coûte. Elle marche encore une cinquantaine de mètres vers l'ouest, en direction de Koenji. Elle ignore s'il y a d'autres personnes en train d'errer comme elle dans la fumée noire qui obscurcit l'horizon. Arrivée à l'entrée d'une ruelle, elle tourne à droite pour s'y engager. Elle aperçoit alors dans le lointain, au-delà d'un nuage de fumée, sa maison, intacte, mais menacée par les flammes qui dévorent ses voisines dont elle est séparée heureusement par un terrain vague accueillant tous les jours, sauf pendant les alertes, de joyeux enfants joueurs de base-ball. Une équipe de pompiers volontaires est en place pour maîtriser vaille que vaille le feu ravageur. À la vue de ce spectacle cauchemardesque, elle double le pas. C'est à ce moment-là, et seulement à ce moment-là, que sa pensée s'arrête tout à coup sur sa main qui ne lâche pas celle de la gamine. Et elle se rend compte que le bras de l'enfant ne tire plus, qu'il est léger comme une petite branche de pêcher en fleur. En tournant légèrement la tête de côté, Ayako regarde craintivement sa main. *Auuuh !* Elle pousse un cri d'horreur mêlé de stupéfaction capable de percer les murs de l'enfer. Elle tient bien la main de la fillette, mais seulement la main au bout de son petit bras arraché. Le corps de l'enfant s'est envolé quelque part. Oh mon Dieu ! mon Dieu ! mon Dieu ! Où est-elle partie ?

D'instinct la jeune femme, terrifiée, cherche à se débarrasser de ce bras ensanglanté. Mais celui-ci ne veut pas lâcher sa main, même si elle est désormais inutile. Elle parvient enfin à se défaire de la petite main s'accrochant à elle audelà de la mort. Quelque chose comme une folie s'empare d'elle. Elle s'écroule par terre en hurlant, se met à pleurer de douleur et de colère, d'une douleur et d'une colère qui la dépassent et qui la secouent de la tête aux pieds. Les sanglots la suffoquent. Un homme muni de deux seaux d'eau passe. Il l'aide à se relever. Les B29 sont en train de s'éloigner.

Lorsque Ayako arrive enfin chez elle, les flammes commencent à faiblir parce qu'elles n'ont presque plus rien à consumer. Les pompiers sont assis au ras du sol, dans le terrain vague, épuisés par leur effort vain. Affolée, l'infirmière se retourne en direction de la ruelle parcourue. Je ne lui ai pas demandé son nom ! se dit-elle, et je n'ai même pas eu l'idée de garder son bras pour l'enterrer ! Oh quelle honte ! Tu es nulle ! Nullissime ! Quelle honte ! Quelle honte !

Elle se demande si elle ne va pas tout de suite revenir sur ses pas. Mais, après un moment d'hésitation, elle se décide à rentrer dans la maison. Sa mère est là, allongée, à quelques pas de là où elle se tient debout, immobile tel un épouvantail. Elle ouvre la porte coulissante qui fait sonner la petite clochette fixée sur la traverse supérieure. Elle dit d'une voix claironnante, surjouée :

— *Tadaïma !* (Me voici rentrée !)

— ...

Elle ne réagit pas, sa mère. Elle fixe son regard épouvanté sur le plafond, le visage crispé ; elle est morte.

La jeune femme sombre dans une torpeur de nuit abyssale.

Elle n'en sort que le surlendemain, lors de la visite du médecin de l'hôpital militaire qui avait prescrit le médicament pour sa mère. Sachant que l'infirmière habite à Nogata, inquiet de son absence non déclarée, il est passé la voir chez elle.

Lorsque Ayako reprend ses esprits, on lui apprend que les 25 et 26 mai, tout le quartier de Nogata et ses alentours ont subi des bombardements intenses, que des corps mutilés, des cadavres carbonisés jonchaient le sol, que les hôpitaux et les dispensaires étaient *bourrés* de blessés plus ou moins graves, mais que, malgré ce spectacle de désolation, la radio nationale diffusait à longueur de journée la déclaration officielle du Quartier général impérial qui *avait le culot* de parler du caractère minime des dégâts tout en incitant la nation entière à une union renforcée ainsi qu'à un sursaut de courage pour combattre l'ennemi jusqu'à la fin des fins.

DEUXIÈME MOUVEMENT

Le dernier jour

4

Dans la clarté matinale d'un jour de fin septembre 1939, ils arrivèrent à Marseille après toute une nuit passée dans le train en provenance de Paris. C'était la veille du départ du dernier paquebot, qui devait ramener le jeune homme au lointain port de Yokohama.

Ils n'avaient devant eux que vingt-quatre heures à peine. Ils parlaient peu. Chacun, au lieu de confier à l'autre sa peur de l'avenir, se retirait frileusement dans sa tristesse et son inquiétude solitaires. L'idée de se promener dans la ville qu'ils ne connaissaient pas ne leur effleura même pas l'esprit. Ils étaient désemparés devant le temps qui passait, le temps qui diminuait comme une peau de chagrin, le temps qui s'érodait inexorablement, de minute en minute, de seconde en seconde. Seul un soleil radieux tel qu'ils n'avaient pas l'habitude de le voir à Paris égayait un peu leur cœur assombri à l'idée de leur séparation imminente et inévitable.

Ils cherchèrent d'abord un hôtel où passer la nuit. Ils en trouvèrent un sans tarder, modeste, mais propre, non loin du port. Il s'appelait « Hôtel de l'Espérance ».

Alors que le jeune homme commençait à remplir la fiche d'enregistrement, sa compagne demanda à la vieille dame de la réception si elle pouvait aller aux toilettes. Celle-ci lui répondit sèchement :

— Au fond à droite, madame... ou mademoiselle.

— Mademoiselle, répliqua immédiatement la jeune fille.

Elle revint. Le jeune homme fit savoir à la réceptionniste qu'il souhaitait laisser sa grosse valise et son sac à dos jusqu'à leur retour dans l'après-midi. Elle lui répondit qu'il n'avait aucun souci à se faire, elle les mettrait dans la pièce de derrière.

— Vous préférez garder votre instrument avec vous ?

— Oui, madame. Je ne me sépare pas de mon instrument.

— Vous avez raison. C'est une partie de vous-même, n'est-ce pas ? J'ai un cousin violoniste. C'est pareil, son violon, c'est comme son ombre qui ne le quitte jamais. Vous êtes violoniste ?

— Non, je suis altiste, madame.

— Ah, j'aurais dû m'en douter, vu la dimension de l'étui...

Un air de satisfaction se dessinait sur ses lèvres.

— Revenez donc vers trois heures. Les chambres seront faites.

— Entendu, madame. À tout à l'heure.

Ils flânèrent parce qu'il n'y avait que ça à faire. Ils ne parlaient presque pas, comme si la moindre parole risquait d'altérer le sentiment d'être présents l'un à l'autre. Ils ne marchaient pas ; c'étaient leurs jambes qui les conduisaient de quartier en quartier, d'avenue en avenue, de rue en rue. Ils déambulaient la main dans la main, sans savoir où aller, tels deux enfants perdus dans les labyrinthes d'une ville inconnue. Cependant, au bout de plusieurs heures de pérégrination, fatigués, ils entrèrent dans un bistrot pour se reposer et se restaurer. Ils s'installèrent près d'une grande fenêtre ouverte qui laissait passer un air tiède. Les yeux des deux jeunes gens étaient tournés vers l'extérieur. Que regardaient-ils de cet air absent semblable à celui des sages chinois admirant la pleine lune ? À quoi songeaient-ils ? Des silhouettes d'hommes et de femmes passaient nonchalamment ou précipitamment. Une voix rocailleuse les tira de leur rêverie brumeuse :

— Vous avez fait votre choix ?

— ... Non, pas encore, excusez-nous, répondit la jeune femme.

— Pour moi, c'est simple. Un steak-frites, s'il vous plaît, monsieur, dit l'altiste mollement, en posant délicatement sur le sol l'étui de son instrument.

— Je n'ai pas très faim. Donnez-moi juste un croque-monsieur avec une salade verte.

Les plats arrivèrent. Le déjeuner commença dans un silence pesant. Le jeune homme cala assez rapidement. La jeune femme, ayant terminé la salade, posa son couteau et sa fourchette à côté de son croque-monsieur à peine entamé. Puis, elle demanda, de but en blanc, à son compagnon quand il serait appelé à l'armée.

— Je ne sais pas exactement. Mais pas tout de suite en tout cas. J'arriverai à Yokohama dans cinq semaines. Et là, je suis sommé de faire les démarches nécessaires... Je ne sais pas si on me laissera beaucoup de temps avant d'aller rejoindre le régiment... Peut-être qu'on me laissera tranquille pendant un certain temps... Je suis encore étudiant, officiellement...

Il avait fini de manger : dans du jus rouge baignait un gros bout de steak filandreux à côté duquel restaient quelques allumettes de pomme de terre. Il soupira. Il regarda furtivement le visage assombri de son amie qui, elle, le fixait d'un œil songeur.

— Et toi, tu iras chez tes parents, à la campagne ? La France a déclaré la guerre à l'Allemagne... Ne reste pas à Paris, s'il te plaît. Ce ne serait pas raisonnable, en tout cas. Promets-moi de quitter Paris avec Fernand le plus tôt possible...

— Oui, je te le promets, répondit la jeune fille d'une voix suffoquée.

Trois heures sonnèrent. Le bistrot était presque vide. Seul un ouvrier en blouse bleue parlait avec l'homme à la voix rocailleuse qui, à la caisse, comptait les recettes de la matinée. Le jeune homme reprit son instrument. Il paya le repas. Le couple quitta le bistrot en remerciant le patron qui, de derrière le comptoir, leur cria : « Au revoir, bonne chance ! »

— Pourquoi nous dit-il « bonne chance » ? se demanda le jeune homme à voix basse.

— Nous avons peut-être l'air d'un couple confronté à de graves difficultés, murmura son amie en esquissant pour la première fois depuis ce matin-là un semblant de sourire.

Ils se perdirent plusieurs fois dans les ruelles. Leurs promenades et flâneries désordonnées les avaient conduits fort loin du quartier du port. Il leur fallut donc longtemps pour retrouver l'Hôtel de l'Espérance. Lorsqu'ils y parvinrent enfin, il était presque quatre heures et demie. La vieille réceptionniste était toujours là. Dès qu'elle les vit, elle se leva pour aller chercher les affaires du jeune homme. Puis elle regagna sa place.

— Voici les clés de vos chambres. La chambre 201 pour vous, monsieur. Et pour vous, mademoiselle, c'est la 202.

— Tu as pris une chambre pour moi ? chuchota la jeune femme d'un air surpris.

— Oui… j'ai pensé que c'était mieux…, répondit le jeune homme à voix basse, en recevant les deux clés de la vieille dame.

Ils entrèrent dans la chambre 201.

— Il ne faut pas que j'oublie de te rendre tes affaires, dit l'altiste en ouvrant sa valise. Il en sortit un sac en tissu gris-vert bien rembourré pour le tendre à son amie.

— Jun, écoute-moi, regarde-moi… tu ne veux pas que je reste avec toi cette nuit ?

— …

— C'est la dernière fois… avant longtemps…

Il y eut un long moment de silence, puis, Jun, dont le regard sombre était plongé dans le bleu sans fond des yeux de son amie, lui répondit.

— Anna, tu sais très bien quelle est la place que tu occupes dans mon cœur. Mais, malheureusement, demain matin, on se sépare pour une période dont personne, pour le moment, ne peut prévoir la fin… personne… Je rentre au Japon, je suis appelé à la guerre, sur le front chinois ou ailleurs… Combien de temps ça va durer ? Quand est-ce que la guerre se terminera ? Serai-je toujours en vie ?

Il s'arrêta de parler et poussa un profond soupir.

— C'est vrai, nous sommes dans la plus grande des

incertitudes... J'espère de tout cœur te retrouver quand la guerre sera finie... Je rêve déjà du jour où nous pourrons nous embrasser comme des fous, sans rien craindre...

— Je reviendrai te chercher, Anna... je reviendrai, je reviendrai absolument. Pour te retrouver... Je ne veux pas mourir sur le front comme un rat noyé... Tu m'attendras ?

— Oui, Jun, je t'attendrai... je serai patiente. Tu m'écriras ?

— Oui, bien sûr, je t'écrirai... le plus souvent possible... Les temps sont durs en France aussi. Il faut que tu te protèges...

— Tu m'écriras ? c'est sûr ?

— Oui. Je t'écrirai.

— Comme Cyrano qui écrit à Roxane tous les jours ?

— Comme Cyrano ? Ça veut dire quoi ?

— Cyrano, c'est un personnage de théâtre..., dit Anna dont le visage se colorait d'un sourire gracieux.

La conversation se poursuivit sans interruption dans le calme de la chambre 201 sans que les deux jeunes gens s'aperçussent de l'écoulement silencieux du temps. À un moment donné, cependant, ils se rendirent compte qu'ils étaient dans la pénombre, qu'ils se voyaient à peine. Alors Anna alluma la lampe de la petite table de nuit. La lumière orange éclaira faiblement le visage de Jun qu'elle trouva rongé de sombres pensées. Ils reprirent leur conversation. Ils descendirent de nouveau au fond du puits de leur solitude commune. L'univers se confondait avec l'espace exigu de la chambre d'hôtel. La vie se rétrécissait pour se loger seulement dans l'extrême pointe du moment présent où les paroles des deux âmes se libéraient, se répondaient, s'unissaient, se pénétraient. Ils oublièrent la faim. Ils oublièrent le temps qui passait. Ils oublièrent la nuit qui avançait et s'approfondissait dans le frémissement du silence et de l'air marin.

5

Jun et Anna s'étaient rencontrés à Paris deux ans et demi auparavant. Le jeune altiste japonais avait vingt-trois ans. Étudiant à l'École nationale de musique de Tokyo, il était arrivé à Paris en mars 1937 après quarante-cinq jours de voyage en bateau afin d'étudier l'alto sous la direction du célèbre professeur Maurice Vieux. Il avait loué un petit appartement rue Portalis, près du Conservatoire, où il se rendait tous les jours dès le matin pour prendre la leçon de son maître, mais aussi pour s'exercer inlassablement dans la solitude d'une salle de pratique personnelle. Il avait des camarades de différents pays avec qui, le dimanche surtout, il jouait de la musique de chambre. Il tirait beaucoup de plaisir de cette manière si particulière d'*être ensemble*, de former pour ainsi dire un *corps d'associés* dans la musique qu'ils élaboraient de concert. Parmi ses fréquentations musicales, il y avait une Japonaise appelée Kyoko qui était arrivée à Paris presque en même temps que lui afin de suivre l'enseignement du violoniste Boris Kamensky, un émigré russe qui avait fui la révolution bolchevique de 1917. Il avait rencontré aussi, par l'intermédiaire de

Kyoko, un jeune clarinettiste russe prénommé Vladimir qui était devenu pour lui comme un frère.

À une heure de l'après-midi, Jun prenait une pause pour aller déjeuner *Chez Fernand*, rue de Rome, à proximité du Conservatoire. C'était une habitude très régulière. Quand il franchissait la porte du bistrot, Fernand savait qu'il était une heure dix à une minute près. Jun s'installait au fond, à la deuxième petite table pour deux à côté de la porte de la cuisine. Si elle était occupée, il en choisissait une autre toujours dans la même zone. Il prenait invariablement le plat du jour. C'est la raison pour laquelle Fernand avait pris l'habitude de crier, à son apparition, en direction de la cuisine : « Le musicien-philosophe est arrivé ! »

Il faisait ainsi savoir à la serveuse et au cuisinier que celui-ci devait préparer le plat du jour pour son jeune et fidèle client.

C'était Anna, la serveuse, qui avait utilisé la première l'expression « musicien-philosophe ». Le voyant passer au bistrot chaque jour à la même heure, toujours muni de son instrument, elle avait comparé l'élève du Conservatoire à un philosophe du XVIIIe siècle connu pour sa régularité horlogère.

— Les gens savaient, paraît-il, selon les lieux où ils le croisaient, quelle heure il était..., avait dit un jour Anna à Fernand.

— Eh bien, on l'appellera désormais « musicien-philosophe » ! avait jovialement répondu son oncle.

Anna était élève de l'École normale primaire, mais quand elle n'avait pas de cours, elle aidait son oncle au bistrot. Fernand avait besoin de bras au moment du déjeuner où le bistrot ne désemplissait pas. Anna était ainsi une joyeuse serveuse le mercredi et le jeudi ainsi que le week-end. Elle vivait chez son oncle, qui la considérait comme sa fille. Fernand n'avait pas eu d'enfant et il était veuf depuis déjà plusieurs années. En échange des tâches que sa nièce accomplissait parfaitement, il lui donnait un salaire qui lui permettait d'être indépendante de ses parents, petits exploitants agricoles dans l'Aveyron, et, ainsi, de se consacrer à ses études en toute tranquillité.

Anna se souvenait de son premier échange avec Jun, qui ne s'était pas limité à une simple commande d'un client à une serveuse. L'élève du Conservatoire était déjà venu se restaurer quatre ou cinq fois. Il venait de s'asseoir.

— Bonjour. Toujours à la même place. Et toujours le plat du jour ? avait demandé la serveuse, en affichant un grand sourire.

— Oui, s'il vous plaît..., répondit Jun d'une voix ensoleillée.

Ses oreilles étaient devenues légèrement rouges.

— Aujourd'hui, c'est une côtelette d'agneau avec du riz aux champignons...

En notant la commande sur son petit calepin, elle continua :

— Vous êtes élève du Conservatoire ?

— Oui.

— C'est votre instrument ?

— Oui, c'est mon alto. Je suis altiste... enfin, j'espère... le devenir... un jour... Et vous, vous... travaillez ici ? Je vous vois souvent...

Le français du futur altiste était un peu hésitant, mais parfaitement compréhensible.

— Oui, j'aide mon oncle. Mais je suis étudiante. Je voudrais devenir institutrice.

— Insti…

— … tutrice. Oui, maîtresse d'école…

— Ah, d'accord.

— Vous parlez bien le français !

— Oh non, j'ai beaucoup de progrès à faire ! J'apprends le français depuis longtemps, depuis l'âge de six ans, mais vous savez, c'est une langue difficile, le français…

— Vous l'avez appris où ?

— À Tokyo. Je suis japonais. Je m'appelle Jun, enchanté.

— Enchantée. Je m'appelle Anna.

— Je suis là pour deux ou trois ans au moins. J'habite dans le quartier. Vous me verrez donc souvent ! Surtout à midi !

C'est ainsi qu'ils firent connaissance. À partir de ce jour-là, Jun se sentit plus à l'aise au bistrot. Anna présenta gaiement le jeune altiste à son oncle. Celui-ci, grand gaillard à la moustache et aux cheveux grisonnants, doux en dépit de son apparence farouche, prit en affection l'élève du Conservatoire venu d'un pays si lointain. *Chez Fernand* devint ainsi une cantine familiale pour Jun.

Après ce premier contact entre le jeune musicien étranger et l'institutrice en herbe, plusieurs semaines s'écoulèrent à l'identique, dans la répétition de gestes et de paroles toujours semblables, jusqu'au jour où un incident brisa cette monotonie.

Jun était installé à sa table habituelle, son instrument posé par terre contre le mur. Il jeta un coup d'œil au petit tableau noir accroché au mur qui annonçait le plat du jour : *Couenne de porc aux lentilles*. Anna venue à sa rencontre nota la commande en lui demandant si tout allait bien. Jun lui répondit et, au lieu de se contenter de dire : « Quoi de neuf ? » ou « Ça va bien depuis hier ? », ajouta : « Et vos études, ça marche ? Quelle œuvre littéraire étudiez-vous en ce moment ? » Il avait en effet décidé de poser chaque jour à la serveuse une question nouvelle jusqu'à ce que ce défi qu'il s'était lancé devînt impossible à relever. C'était pour lui une manière de s'imposer quotidiennement un exercice de français.

Quelques instants plus tard, un très vieux monsieur voûté, marchant péniblement avec une canne, vint s'asseoir presque en face de l'élève du Conservatoire. Il posa son béret sur la table et souffla profondément.

Anna vint. Le nouveau client lui fit part de son choix d'une voix à peine audible. Jun était plongé dans la lecture d'un livre dont son quasi-vis-à-vis pouvait déchiffrer le titre : *Jean-Christophe.* Lorsque la serveuse revint avec leurs plats du jour, le vieil homme dit au lecteur de *Jean-Christophe,* d'une voix éraillée qui rendait quelque peu difficile pour une oreille étrangère la compréhension de certains mots :

— Bon appétit, jeune homme ! C'est un beau livre, ce que vous lisez là !

— Ah oui ? Je viens tout juste de commencer... Bon appétit à vous aussi ! répondit Jun, intrigué par le visage écarlate du vieux convive.

— Merci, jeune homme ! *Jean-Christophe*, oh, quel livre !

Il marmonnait. Jun ferma son livre pour le poser sur la table et se mit à manger. Dès la première bouchée, il eut la sensation d'une saveur étrange, inconnue jusque-là. Son palais résista au goût de gras de la couenne mâchée. Il remplit son verre d'eau et le vida aussitôt. Le vieil homme goûtait de son côté le vin rouge qu'Anna venait de lui apporter, après avoir chipoté un tantinet dans ses lentilles moelleuses.

Jun finissait les siennes, en laissant de côté la moitié du morceau de couenne, lorsque le bruit métallique d'un couteau tombé par terre attira son attention. Le vieux monsieur était penché en avant au-dessus de sa table, inerte, comme évanoui, les yeux à demi fermés, les bras ballants le long de son corps courbé. Jun se leva aussitôt pour aller vers lui.

— Monsieur, monsieur, ça va ? demanda-t-il en secouant légèrement l'homme au visage écarlate.

Le voyant sans force et sans réaction, Jun eut peur. Il cria à la cantonade :

— Y a-t-il un médecin dans la salle ? S'il vous plaît, il y a un monsieur malade !

Un homme d'une cinquantaine d'années, vêtu d'un complet gris et coiffé d'un chapeau melon, se présenta sans tarder. Il avait à la main gauche un grand cartable noir. Il venait d'arriver au bistrot et de prendre place tout près de l'entrée.

— Je suis médecin.

— Il s'est effondré brusquement…

Anna accourut. Fernand aussi. Jun s'adressa à la serveuse :

— Vous le connaissez ?

— Non, c'est la première fois que je le vois.

— Je ne pense pas l'avoir déjà vu chez nous, ajouta Fernand.

Le médecin tâta le pouls du vieil homme et lui tapota les joues pour le faire revenir à lui. Quelques secondes après, il ouvrit les yeux. Il semblait tout étonné de trouver devant son nez un visage inconnu en train de le dévisager.

— Ça va, monsieur ?

— Qui êtes-vous ?

— Ne vous inquiétez pas, je suis médecin. Vous avez eu un malaise. Voulez-vous boire un peu d'eau ?

Anna prépara aussitôt un grand verre à moitié rempli pour le passer au médecin. Celui-ci fit avaler au vieillard une première gorgée. Puis une deuxième...

— Merci, docteur. Je ne sais pas ce qui m'est arrivé... je me sens mieux à présent.

— Vous habitez près d'ici ?

— Oui... Pas loin.

— Vous pouvez rentrer seul ?

— Oui, oui, bien sûr.

— Vous croyez ?

— Oui, absolument.

— Docteur, je vais le raccompagner, intervint Jun.

— Vous le connaissez ?

— Non. Nous avons juste échangé quelques mots avant son malaise...

— D'accord, ce serait mieux en effet, si vous le pouvez. Je pense qu'il n'y a rien de grave. Il a repris conscience. Son pouls est normal : la fréquence cardiaque est de soixante-cinq. Mais il vaut mieux qu'il se repose, tout de même...

— Je vais le raccompagner, docteur, pas de problème, répéta le jeune homme tout en admirant intérieurement la voix douce et grave du médecin, son assurance, son affabilité, mais aussi la manière, claire et nette, dont il articulait chaque mot.

Celui-ci regagna sa place. La petite foule qui s'était formée autour de lui et de l'homme souffrant se dispersa. Jun s'adressa alors au vieil admirateur de *Jean-Christophe*.

— Allez, vous allez rentrer, monsieur. Je vous raccompagne.

— Ne vous dérangez pas, jeune homme, je crois que je peux rentrer tout seul, comme un grand !

— Non, non, ça me ferait plaisir de passer encore un moment avec vous... Vous me parlerez de *Jean-Christophe* en marchant... Vous avez l'air de très bien connaître ce livre !

Jun l'aida à se lever. Il lui passa sa canne. Puis il se tourna vers Anna qui était revenue auprès d'eux après avoir servi plusieurs clients, dont le médecin.

— Je vais ramener monsieur chez lui. Vous pouvez garder mon instrument jusqu'à ce que je revienne ? Ça ne vous ennuie pas ?

— Pas du tout. Je le mets derrière. Là, ça ne risque rien. Ne vous inquiétez pas.

— Merci. À tout à l'heure.

Le vieillard, son béret sur la tête, commençait à marcher en s'appuyant sur sa canne. Jun s'empressa de le soutenir en lui prenant le bras. Ils cheminèrent lentement vers la sortie. Anna, les observant de dos, se remit à vaquer à ses tâches. Son oncle, qui encaissait l'addition d'un client, lui lança sur un ton enjoué :

— Il est gentil, le musicien-philosophe, hein !

La jeune femme, momentanément absente à elle-même, ne répondit pas.

— On se souviendra qu'il aime tout sauf la couenne ! dit jovialement Fernand.

6

Une heure plus tard, il ne restait que quelques clients au bistrot. Le brouhaha des conversations avait disparu. Fernand prenait une petite pause dans l'arrière-salle. Anna était passée derrière le comptoir pour servir des hommes en bleu de travail. Elle lançait un regard de temps en temps vers l'extérieur à travers la grande fenêtre.

L'oncle reprit son poste. Anna se mit à nettoyer les tables. C'est alors que l'élève du Conservatoire reparut.

— Ah, le voilà !

Anna alla immédiatement à la rencontre du jeune homme.

— Alors, comment ça s'est passé ? Il va mieux ?

— Oui, oui, il va mieux… Je crois que tout est rentré dans l'ordre maintenant.

— C'est gentil de l'avoir raccompagné.

— Non… C'est bien normal d'aider une personne âgée… souffrante en plus… Il habite tout près d'ici, mais comme il a de la difficulté pour marcher, on a mis un temps fou pour y arriver. Mais c'était formidable ! Pendant tout le trajet, on n'a pas arrêté de parler. Il s'appelle monsieur Jean. C'est un musicien ! Un altiste, en plus ! Vous vous rendez compte ? Quelle coïncidence ! Il a longtemps travaillé dans un orchestre parisien. Il était tout content de savoir que j'étais moi-même altiste... Je lui ai parlé du morceau que je travaille en ce moment. Alors il m'a raconté les souvenirs qu'il en avait gardés. Parce qu'il l'a joué plusieurs fois en tant que soliste quand il était jeune ! Moi aussi, j'aimerais pouvoir jouer un jour ce morceau en concert... Bref, je crois qu'il n'a pas vu le temps passer... Je l'ai suivi jusque dans son appartement. Heureusement il y avait un ascenseur ! Quand on est arrivés, il n'y avait personne. Il m'a dit qu'il vivait avec sa fille et qu'elle n'allait pas tarder à revenir. On a donc attendu son retour ensemble. Mais qu'est-ce qu'il était bavard ! Intarissable ! C'était incroyable ! Surtout, il m'a beaucoup parlé de *Don Quichotte*.

— *Don Quichotte* ? De Cervantès ?

— Non, pas le livre, la musique de Richard Strauss qui raconte les aventures du chevalier espagnol. D'après ce qu'il m'a dit, il avait d'abord choisi le violon, mais quand il a découvert cette œuvre de Strauss, il a décidé d'opter pour l'alto. Je le comprends, ô combien ! Un violoncelle solo interprète le rôle de Don Quichotte, tandis que celui de Sancho Pança est tenu par un altiste. C'est absolument magnifique ! C'est un rêve pour un apprenti altiste comme moi... et, bien sûr, pour tous les violoncellistes en herbe aussi ! À la fin, Don Quichotte revient dans son village natal, il se souvient de son passé et... il meurt. Et là, la musique jouée par le violoncelle est incroyablement belle. Chaque fois que je l'écoute, j'ai les larmes qui me montent aux yeux...

Le jeune musicien suspendit sa phrase. Le silence se fit. Il semblait s'enfoncer dans une vision à laquelle personne d'autre que lui n'avait accès. Anna tourna le regard vers son oncle comme pour lui communiquer une pensée secrète. Puis, elle interrompit le silence timidement, un peu gênée.

— Et... sa fille est revenue finalement ?

— ... Oui. Elle était étonnée de me voir en sa compagnie. Je lui ai expliqué ce qui s'était passé, alors elle m'a dit que ce n'était pas la première fois... Elle était confuse, mais rassurée en même temps parce que, franchement, il allait bien, monsieur Jean ! Voilà. Maintenant, il faut que je retourne à l'école.

— Je vais chercher vos affaires. Mais... avant de partir, vous ne voulez pas prendre un café ? Je vous l'offre... et le repas aussi aujourd'hui, n'est-ce pas tonton ?

— Ah, j'ai failli oublier... Monsieur Jean m'a chargé de vous donner ça.

C'était ce que le vieil homme devait au bistrot pour son déjeuner. Fernand servit un verre de vin rouge à un client au bar, puis s'empressa de venir auprès de sa nièce et de l'élève du Conservatoire.

— Oui, vous êtes invité aujourd'hui... Quant au vieux monsieur, on s'arrangera la prochaine fois...

— C'est très gentil... Merci beaucoup pour votre générosité.

— C'est plutôt vous qui êtes généreux ! Allez, asseyez-vous un moment. Je vais vous chercher un petit café.

— Merci... Anna.

— C'est bien normal, Jun.

L'acceptation joyeuse du jeune client suscita un sourire ensoleillé sur le visage de la serveuse qui avait légèrement rougi. L'accent inconnu et l'intonation chantante de l'étranger semblaient ouvrir un espace sonore cristallin au contact de la voix de soprane de la future institutrice, une voix dont le musicien n'avait pas remarqué jusque-là la qualité onctueuse et stellaire.

Ayant fini son café, Jun reprit son instrument et se dirigea vers la sortie. Anna le suivit. Une fois dehors, elle lui demanda :

— Et quel est le morceau que vous êtes en train de travailler… sans indiscrétion ?

— La *Symphonie concertante* de Mozart. C'est une œuvre absolument magnifique. Vous la connaissez ?

— Non… malheureusement.

— Alors, s'il m'arrive de la jouer un jour, vous serez ma première invitée !

— C'est vrai ?

Ils se serrèrent la main. Anna sentit une chaleur inattendue dans sa paume. Jun, de son côté, fut surpris par la sensation de fragilité émanant de la main longiligne de la serveuse.

Ils se quittèrent. Anna regarda s'éloigner le jeune homme. Elle resta ainsi devant l'entrée jusqu'au moment où l'élève du Conservatoire allait tourner à droite pour disparaître de son champ de vision. Juste avant de s'engager dans la petite rue perpendiculaire, Jun se retourna. Elle était toujours là, élancée comme une demoiselle de Watteau, enveloppée dans une robe de travail vert clair serrée à la taille qui lui découvrait les genoux. Il lui fit un signe de la main. Anna en fit autant.

— Alors, il est parti ? demanda Fernand à sa nièce qui revenait vers lui d'un air songeur.

7

La ville était plongée dans une nuit profonde. Rien ne troublait le calme noir, rien ne perturbait l'écoulement silencieux du temps. Jun et Anna étaient restés dans la chambre 201 que seule la petite lampe posée sur la table de nuit éclairait faiblement. Ils avaient parlé longtemps, sans s'interrompre, de leur passé commun, court mais dense, aussi bien que de leur avenir, ce long *à-venir* qui les faisait trembler en raison de son caractère insaisissable. Au lieu d'aller dîner quelque part, ils avaient préféré l'un et l'autre se cloîtrer dans l'exiguïté de leur chambre d'hôtel et se nourrir des mots de l'être aimé. Ils ne voulaient pas disperser leur temps ; au contraire, ils désiraient l'enfermer dans l'espace minuscule chaudement occupé par leurs corps assis l'un en face de l'autre. Minuit était passé, sans doute. On n'entendait rien sauf, de temps à autre, le bruit des pas discrets de ceux qui rentraient ou les voix d'hommes et de femmes qui s'entrechuchotaient « bonne nuit » dans le couloir avant d'aller se coucher.

Anna se leva.

— Il se fait tard, dit-elle sur un ton hésitant. Il faut se coucher, Jun. On doit se lever tôt demain.

— Eh oui, tu as raison, il faut se lever tôt demain matin. Le départ du bateau est à huit heures et demie.

La voix de Jun tremblait. Il regardait son amie de dos.

— À demain, Anna.

— Bonne nuit, Jun, répondit-elle tout bas.

Elle avait l'air préoccupée. Ses lèvres remuaient imperceptiblement ; un infime signe d'impatience se dessinait sur son visage. Elle ébaucha quelques pas timides vers la porte, mais s'arrêta net, tournant légèrement la tête vers la gauche comme si elle n'osait pas se retourner complètement : elle avait peur de voir son ami persister dans son attitude *raisonnable*.

Jun livrait contre lui-même une lutte désespérée pour ne pas empêcher son amie de gagner sa chambre juste en face. Elle ouvrit la porte doucement. Elle sortit et la referma tout aussi doucement.

Jun s'effondra.

Il s'allongea sur le lit. Le sommeil ne venait pas. Il croyait entendre la respiration de celle qui dormait ou qui n'arrivait pas à s'endormir, comme lui, étendue sur son lit refroidi par la nuit à quelques mètres du sien. Il se tournait et se retournait sans cesse. Il ruminait des pensées tristes. Deux heures plus tard, il avait toujours les yeux ouverts, rivés au plafond. Il avait eu beau essayer deux méthodes d'endormissement de son enfance habituellement efficaces : compter indéfiniment, en espérant que l'on finisse par oublier de compter en tombant dans les bras de Morphée, et imaginer un cheval s'éloignant à toute allure en rase campagne jusqu'à devenir un point microscopique sur un horizon crépusculaire. Ni l'une ni l'autre ne fut efficace. Le sommeil refusait de s'installer en lui.

Jun tendit son bras pour allumer la petite lampe. La montre qu'il avait posée sur la table de nuit avant de se glisser sous la couverture indiquait deux heures quarante-trois. Il se leva. Il ouvrit la porte de sa chambre. Il vit sous la porte de la chambre 202 un rai de lumière qui brillait comme un sabre étincelant dans l'obscurité noire du couloir. Il donna un petit coup sur la porte avec le majeur de sa main droite. Dans le silence absolu, ce petit coup sonna à ses oreilles comme un bruit d'orage lointain. L'obscurité fut brusquement fendue par la porte qui s'ouvrait.

— Je ne dors pas. Je peux... je peux... entrer ?

— Moi non plus, je ne dors pas. Si on est deux, on trouvera peut-être le sommeil.

— Oui. Peut-être...

Jun entra. Anna se rallongea sous la couverture.

— Viens.

Jun s'y faufila à son tour. Anna éteignit. La chambre était plongée dans la pénombre. Seule la lumière blafarde du réverbère de la rue pénétrait à travers le mince interstice entre les deux pans de rideau rouge foncé qui cachaient la fenêtre. Les deux corps se confondirent dans un doux enlacement qui dura longtemps. Les lèvres de l'un cherchèrent celles de l'autre. Les joues de la femme étaient mouillées. La langue de l'homme essuya les larmes qui lui coulaient des yeux comme des perles enfilées. Il ne fallait pas penser à l'avenir. Non, il ne fallait pas. Ils étaient dans le passé, dans *leur* passé si proche, si présent qu'ils désiraient ardemment l'empêcher de passer.

C'était leur passé qui occupait entièrement leur présent qu'il fallait vivre intensément et dans sa pureté incorruptible. Oui, on avait raison de s'abandonner sans réserve au présent brûlant sans se soucier du lendemain, car, tout simplement, le lendemain, dénué à cet instant de toute réalité, de toute substance, n'existait pas.

L'homme se dévêtit. La femme se laissa enlever sa chemise de nuit. Il frôla le poignet de celle qui était entièrement nue.

— Tu n'enlèves pas ta montre ?

— Non, je ne l'enlève pas, je ne l'enlèverai jamais. Puisqu'elle vient de toi. Elle brille d'or même dans les ténèbres… comme une étoile Polaire à mon usage exclusif…

Les deux corps se fondirent dans une étreinte longue et folle. Au bout de la nuit qui bleuissait peu à peu, Jun entra en Anna pour la deuxième fois. Ils s'oubliaient. Et ils oubliaient le reste du monde.

Lorsqu'ils se réveillèrent, une lumière matinale, tranchante pénétrait dans la chambre d'Anna à travers la fente des rideaux rouges.

8

Le départ était imminent. Le paquebot *Hakone-maru*, amarré au quai Saint-Victor, fumait à gros tourbillons, faisant retentir à intervalles réguliers le son grave de sa sirène. La foule compacte, un mélange insolite d'Asiatiques et d'Européens, de cheveux noirs et de cheveux blonds, bruns ou châtains, commença à se défaire. Certains s'embrassaient longtemps avant de se quitter ; d'autres s'échangeaient mutuellement une révérence profonde à une distance plus ou moins rapprochée. La sirène hurlante se fit entendre de nouveau, tandis que la grosse cheminée crachait une épaisse fumée noire. Il fallait qu'on se séparât.

Parmi les accompagnateurs qui restaient sur le quai, on voyait Jun, portant à la main gauche l'étui rectangulaire de son alto, et, face à lui, Anna dont les cheveux, agités de temps à autre par une assez forte brise de mer, tourbillonnaient dans l'air et ondoyaient sur ses épaules. La jeune femme sortit de son sac à main un foulard en soie vert tendre ; elle le plia en triangle pour fixer ses cheveux.

— C'est le *furoshiki* que tu m'as offert. Je peux m'en

servir comme ça, tu vois, dit Anna en mêlant un sourire à ses larmes.

— Tu es très belle comme ça.

Jun caressa la joue d'Anna de sa main droite. Puis il l'embrassa longtemps sur les lèvres une dernière fois. Anna s'effondra en pleurs.

— Je suis tellement triste, Jun… Je ne sais quoi faire de ce chagrin qui me brise… Je voudrais tant partir avec toi !

— Oui, je sais. Moi aussi j'aimerais tant que tu m'accompagnes ! Mais qu'est-ce que tu veux… C'est la guerre là-bas comme ici. Nos deux pays n'appartiennent pas au même camp… Mes parents sont âgés, ils ont peur pour moi, ils m'attendent, ils ont une santé fragile… Je crains qu'ils aient des ennuis avec les autorités, si je ne rentre pas… En plus, on m'a fait comprendre que c'était sans doute le dernier bateau pour Yokohama avant longtemps… Je suis écartelé, Anna. Je suis broyé par une tristesse immense que je n'ai jamais connue…

— …

— Je ne sais pas quand, mais je serai sûrement envoyé au front quelque part… mais je ne voudrais pas mourir. Je voudrais vivre pour toi, pour nous. Je viendrai te chercher quand toute cette bêtise sera finie… Oui, je viendrai te chercher… absolument… Tu m'attendras ?

La sirène retentit de nouveau. Elle vibrait avec une telle force qu'Anna eut l'impression d'être emportée dans les airs d'un seul coup. Une voix d'homme cria.

— Allez, c'est le départ !

Jun en saisit le sens sans savoir exactement dans quelle langue la voix avait parlé. Il fallait se dépêcher. Cependant, observant l'encombrement de l'accès au paquebot, l'altiste demeura encore auprès de son amie. Tout à coup, il mit sa main droite dans la poche intérieure de sa veste grise. Il en sortit une petite photo qu'il déchira soigneusement en deux. Il garda l'une des deux moitiés et il donna l'autre à sa bien-aimée.

— Tu vois, comme ça, je serai toujours avec toi et toi aussi tu seras toujours avec moi... et un jour, on se retrouvera... Je reviendrai, Anna. Je reviendrai te chercher... On se retrouvera, Anna... On se retrouvera... Aie confiance.

Jun prit son amie dans ses bras pour la serrer très fort. Et, avant de la relâcher, il lui murmura à l'oreille : « Tu es ma reine, Anna. Oui, ma reine de cœur... » Puis, ils se dirent « au revoir » à petite voix. Ils se regardèrent longtemps. Anna ne voyait que très confusément le visage de Jun à travers les larmes qui ne cessaient de couler. Mais elle sentait dans le vacillement aquatique de cette vision tout le poids et toute l'étendue du monde qu'elle partageait avec son ami. Jun, quant à lui, se tourmentait dans sa solitude intérieure, se demandant s'il pourrait survivre à cette guerre dont il était incapable d'envisager l'évolution ni, à plus forte raison, la fin. Il ne pouvait rien faire d'autre que d'évoquer la joie de leurs retrouvailles à la femme qu'il aimait et qu'il devait maintenant laisser seule à mille et mille lieues du front qu'il rejoindrait tôt ou tard.

Jun s'arracha enfin à l'étreinte d'Anna qui le tenait par la taille. La montre dorée au poignet de son amie, étincelant un instant au soleil du matin, frappa son regard. Le vent se leva tout à coup. Les cheveux d'Anna flottèrent délicatement derrière sa tête. Une fraction de seconde,

Jun crut entendre comme un frôlement d'ailes de libellules rouges se profilant sur le ciel crépusculaire d'un soir d'automne : c'était un bruit doux et paisible de son enfance lointaine. Il avait la gorge nouée, le cœur serré. Il s'empressa d'emprunter la passerelle jetée entre le quai et le navire. Aussitôt arrivé sur le pont, il chercha du regard la jeune femme plantée comme un arbre solitaire miraculeusement vivant au milieu d'un champ désertique. Il leva la main et l'agita amplement de droite à gauche en hurlant quelques mots à pleins poumons. Mais Anna ne put les entendre, le dernier coup de sirène les couvrit complètement. Le *Hakone-maru* s'éloignait tout doucement du quai. Anna se tenait immobile telle une statue dans la clarté limpide de ce matin de septembre. Les yeux de Jun étaient éblouis par la blancheur éclatante de sa robe. La silhouette laiteuse devenait cependant de plus en plus petite. À un moment donné, Anna brandit son bras vers le ciel et le remua très lentement comme si elle suivait le mouvement d'oscillation du pendule de Foucault. Jun en fit autant.

Quelques minutes plus tard, le corps blanc d'Anna était presque invisible dans la vue panoramique du port de Marseille. Était-elle toujours là ? Ce point minuscule comme un grain de sable qui lui donnait l'impression de bouger imperceptiblement, n'était-ce pas elle ? N'était-ce pas elle qui continuait ainsi à remuer sa main ? Le voyait-elle de la même manière, comme il la voyait, lui ?

Jun ressortit de sa veste la moitié restante de la photographie déchirée et il la contempla en pensant à l'autre moitié, qu'il avait donnée à son amie. Quelques instants plus tard, il releva la tête, regarda dans la direction du port. Anna n'était plus là, elle avait été engloutie dans l'immensité du spectacle méditerranéen.

Plus personne, plus rien, aucune trace d'être humain. S'offrait à son regard un paysage, le vaste et lumineux paysage marin que noircissaient par moments des amoncellements de nuages sombres.

Il s'accroupit, ouvrit l'étui de son instrument, rangea la photo déchirée, bien calée, sous son alto d'un brun orangé qui brillait de tout son éclat sous les doux rayons du soleil de la fin septembre. Puis il se dirigea vers sa cabine pour se reposer. Il voulait dormir, se décharger de toutes les idées noires qui l'assaillaient comme une nuée de sauterelles. Mais elles ne le laissaient guère en repos, ni le jour ni la nuit.

C'est ainsi que commença, à l'automne 1939, l'interminable voyage de retour de Jun Mizukami vers son pays natal. Un pays en proie à la folie belliciste, au désir d'expansion coloniale, à la politique fanatique d'un État militarisé obligeant tout un chacun à suivre *corps et âme* la « voie des sujets » désignée par l'empereur, forçant ainsi toute raison et tout esprit critique à s'effacer, à se taire complètement et durablement.

TROISIÈME MOUVEMENT

La musique de l'eau

9

Le 23 novembre 2007, vers onze heures du soir, une jeune femme aux cheveux ondulés châtain clair mi-longs, habillée d'un manteau marron à capuche, portant sur le dos un étui d'instrument, sortait du Théâtre des Champs-Élysées. Le concert avait duré plus de deux heures et demie. Les portes d'entrée du théâtre étaient fermées depuis un moment, mais il restait encore, ici et là, de petits attroupements d'hommes et de femmes. Voitures et taxis circulaient sans interruption dans l'avenue Montaigne et sur la place de l'Alma. Le bus 80 arriva tout de suite. Elle y monta et salua le chauffeur qui lui répondit d'un hochement de tête accompagné d'un « bonsoir » souriant. Il n'y avait que quelques passagers. Elle prit place dans le fond, près de la fenêtre et posa son instrument contre la paroi. Un homme d'une soixantaine d'années aux cheveux argentés, vêtu d'un pardessus noir, vint s'installer non loin d'elle. Il tenait dans la main gauche le programme du concert. Il jeta un coup d'œil furtif vers la jeune passagère ; il eut une imperceptible réaction de surprise en reconnaissant une musicienne de l'Orchestre philharmonique de

Paris qu'il venait d'entendre jouer. Il feuilleta les pages du programme, relevant les yeux de temps à autre pour observer la jeune femme qui, elle, se reposait, les yeux fermés, après l'effort de concentration qu'avait exigé le concert, s'abandonnant mollement sur le dossier du siège.

Le bus était sur le point d'arriver à l'arrêt Cambronne, lorsqu'il y eut une violente secousse. La musicienne, surprise, rouvrit les yeux et regarda autour d'elle. L'homme aux cheveux argentés lui dit dans l'instant sur un ton affable :

— Ne vous inquiétez pas, c'est un nid-de-poule !

Dans la seconde, le chauffeur s'écria :

— Désolé !

— Merci..., murmura la jeune femme à l'homme au pardessus noir.

— Excusez-moi... vous êtes altiste, n'est-ce pas ? Vous étiez juste en face du chef d'orchestre ce soir.

— Oui, c'est ça, répondit la musicienne avec un sourire timide.

— Merci beaucoup pour ce magnifique concert.

— C'est très gentil à vous... Mais, pour tout vous dire, j'avais un trac pas possible avant de monter sur scène...

— Ah, le trac !

— C'était mon premier concert en tant que premier alto solo..., ajouta la musicienne d'une voix rieuse.

— Eh bien, pas d'inquiétude. C'était très beau, votre Sancho Pança ! Toutes mes félicitations !

— Merci, c'est gentil.

— J'ai beaucoup aimé la symphonie de Chostakovitch aussi. Je ne la connaissais pas. Quelle musique extraordinaire ! Quelle puissance quand elle évoque les massacres du 9 janvier 1905 ! Mais quelle douceur, et quel apaisement dans le troisième mouvement, quand les altos jouent cette mélodie d'une beauté à couper le souffle ! J'ai appris bien des choses en lisant le programme, il est très bien fait, vous savez...

L'homme aux cheveux argentés parlait avec une volubilité joyeuse, il ne dissimulait pas l'émotion qui l'avait envahi à l'écoute de la musique du compositeur russe.

— Oui, c'est vrai, c'est une musique incroyable. Elle est pleine de choses surprenantes !

— Ça m'a fait une drôle d'impression aussi parce que, très étrangement, cette musique est entrée en résonance avec un livre dont je viens tout juste de finir la lecture...

— Ah bon ?... Il faut que je descende, dit la jeune femme d'un air absent, en se levant.

Et elle ajouta, tout en glissant les bras sous les bretelles de l'étui de son instrument :

— Merci, monsieur, pour ce moment de conversation.

Le bus ralentit. On arrivait à Convention-Lecourbe. L'altiste s'apprêtait à descendre, debout devant la porte.

— Tenez.

L'homme au pardessus noir lui tendait un journal plié en huit.

— Vous y trouverez un article sur le livre en question.

— Ah oui ? Vous me le donnez ?

— Oui, je l'ai déjà lu. Le livre s'appelle *L'oreille voit, l'œil écoute...*

— D'accord. C'est intrigant comme titre !

— Bonne lecture et bonne continuation surtout !

Resté seul dans le bus, le sexagénaire reprit nonchalamment la lecture du programme du concert. En parcourant les « Analyses et commentaires » consacrés à *Don Quichotte*, il lui vint à l'idée de consulter les deux dernières pages du programme, où figurait la liste complète des musiciens de l'orchestre. En tête du pupitre des altistes, il lut : « Marie-Mizuné Clément, premier alto solo depuis le 15 octobre 2007 ».

En effet, elle est fraîchement premier alto solo..., se dit-il.

L'homme au pardessus noir referma le programme et se leva. Le 80 arrivait à son terminus : Porte de Versailles. Il descendit en remerciant le chauffeur. Puis il disparut dans la nuit.

10

Mizuné avait dormi comme une souche. Elle était allongée sur le dos : son corps dessinait la forme de l'idéogramme chinois « grand » (大). Elle se sentait entièrement libérée de la fatigue du concert. Elle prit son téléphone posé sur la table de chevet : il était huit heures passées. Pas de message important, rien que des dépêches. Elle s'étira alors longuement, puis se leva pour actionner l'ouverture des volets électriques. La lumière du matin encore un peu timide entra obliquement dans sa chambre. Sortie du monde nocturne où elle était descendue sans agitation ni trouble jusqu'au sous-sol du sommeil parfaitement silencieux, elle entendait maintenant les passages solos pour alto de *Don Quichotte* qu'elle avait joués la veille aux côtés du violoncelliste Yo-Yo Ma incarnant majestueusement le chevalier errant à la triste figure. L'œuvre grandiose de Richard Strauss, qu'elle avait travaillée pour ce concert pendant des mois et des mois, était devenue d'une certaine façon le fond sonore de son existence.

Elle enfila sa robe de chambre. Elle alla dans la cuisine,

se prépara du café et deux tranches de pain grillé. Elle fredonnait la mélodie merveilleusement chantante de Sancho Pança au moment de sa conversation avec le chevalier dans la troisième variation de l'œuvre. Le café au lait prêt, les tartines beurrées et confiturées, elle s'installa, avec son plateau de petit déjeuner, à la table ronde placée près de la grande fenêtre ouverte sur le balcon ensoleillé. Elle jouissait d'un bien-être profond : non seulement elle venait de vivre une expérience musicale très forte avec le *Don Quichotte* de Strauss et la *11ᵉ symphonie* de Chostakovitch, mais elle avait en outre assumé avec succès sa responsabilité de premier alto solo de l'Orchestre philharmonique de Paris. En songeant au compositeur russe et à sa musique, elle se rappela le journal plié que le monsieur au pardessus noir lui avait donné la veille, sur le chemin du retour. Elle alla le chercher dans son sac à main laissé sur le meuble de l'entrée. Elle était si épuisée après le concert que l'homme aux cheveux argentés et son article lui étaient complètement sortis de la tête.

Mizuné ouvrit le journal. Elle mit ses lunettes à fine monture en titane. C'était *Le Monde des livres* daté du vendredi 23 novembre, le jour du concert. Sur la première page, tout à fait en bas, un titre en gros caractères, « La musique à l'épreuve de l'Histoire », attira son regard. Une petite photo de la couverture du livre présenté était insérée au milieu de l'article. Elle le lut intégralement en quelques minutes sans remuer un cil : sa main gauche, tenant près de sa bouche la première tartine à peine entamée, était parfaitement immobile. Enfin, elle croqua le morceau de pain d'un air songeur, en reposant le journal sur la table. Elle pensa alors à l'homme au pardessus noir et au rapprochement qu'il avait fait entre ce livre et la *11e symphonie* de Chostakovitch, *L'Année 1905*. La lamentation déchirante par laquelle débute le troisième mouvement en adagio, intitulé « Mémoire éternelle », ce chant en *pianissimo* lancinant assuré par les altos à l'unisson lui revenait à l'esprit. Comme il était émouvant, ce passage qu'on jouait avec la sourdine sur fond de murmures de violoncelles et de contrebasses ! Mizuné sentait les larmes lui monter aux yeux, alors qu'elle avait réussi à se retenir pendant le concert sous le regard extasié du chef d'orchestre. Puis lui revint le début prodigieux de la symphonie, ce moment inaugural où la musique efface le silence pour en souligner toute la profondeur : les quatre harpes qui donnent le signal de départ et qui vous plongent d'emblée dans le grand calme matinal régnant sur la place du Palais à Saint-Pétersbourg ; les cordes en sourdine qui avancent lentement, et qui créent ainsi une atmosphère tendue et inquiétante ; la trompette esquissant cet air nostalgique que le cor reprend quelques instants plus tard dans une tonalité sombre ; les deux flûtes qui introduisent le deuxième chant plus épanoui ; les contrebasses qui reprennent le même motif, comme pour annoncer la présence souterraine des violences en préparation ; les violons qui, en le saisissant, le transforment en une complainte déchirante ; enfin, et surtout, les petits coups de timbales obsessionnellement répétés, qui renforcent l'inquiétante prémonition d'un drame sanglant. Ainsi, finalement, ce petit déjeuner lumineux et serein entraîna-t-il Mizuné dans le torrent de la musique chostakovitchienne, comme si elle écoutait une radio intérieure, toute frémissante au souvenir frais et inaltérable du concert de la veille. La musique arrivant à l'évocation des massacres du Dimanche rouge, Mizuné fut naturellement amenée à se remémorer l'extraordinaire scène de l'escalier d'Odessa du *Cuirassé Potemkine* où, dans la version restaurée de 1976, cette musique accompagnait l'enchaînement des plans avec une efficacité sidérante.

Lorsqu'elle finit son petit déjeuner, le soleil était déjà haut dans le ciel. Elle se prépara à sortir faire les emplettes de la semaine.

À la fin de son parcours habituel de courses, comme toujours, elle passa, tirant son caddie moyennement rempli, à sa librairie préférée, Le Livre d'Or, située rue Saint-Lambert. Il était bientôt midi. Dans la boutique, deux dames âgées scrutaient le rayon des nouveautés. Philippe, le libraire quinquagénaire, était à la caisse, les yeux rivés sur l'écran de son ordinateur. Entendant la porte d'entrée s'ouvrir, il les leva et lança un sourire enjôleur en direction de la cliente.

— Ah, comment ça va, Mizuné ? Ça s'est bien passé hier soir ?

— Oui, je crois. En tout cas, je suis contente…

Philippe s'avança vers la jeune femme. Ils se firent une bise.

— J'aurais vraiment aimé venir, d'autant plus que c'était spécial pour toi, hier soir…

— Mais, tu ne pouvais pas faire autrement… Comment va Mathilde ? demanda Mizuné.

— Je te remercie, elle va mieux, répondit le libraire d'une voix forte. Avec tous les médicaments qu'on lui a prescrits, ça devrait aller…

— Tant mieux, tant mieux, tu dois être soulagé !

Philippe poursuivit gaiement :

— Alors… le Don Quichotte de Yo-Yo Ma était donc satisfait de son écuyer ! fit le libraire, esquissant un sourire malicieux.

— Ben…

Il y eut deux secondes de silence.

— … Je crois que oui, répondit la musicienne, lui rendant un sourire un peu embarrassé, mais lumineux.

— C'est bien, je suis content pour toi.

Mizuné se pencha alors en avant, sortit de son chariot de courses un journal plié en huit assez froissé, celui-là même qu'elle avait lu deux heures plus tôt en prenant son petit déjeuner. Elle le déplia et désigna de l'index la photo du livre.

— Philippe, tu as entendu parler de ce livre ?

Le libraire enleva ses lunettes pour scruter de près la photo et les lignes qu'elle lui indiquait.

— Ah, bien sûr que je le connais ! Formidable ! Ça te plairait beaucoup parce que ça parle de musique et surtout d'un musicien… Mais, attention, ce n'est pas un livre sur la musique à proprement parler, loin de là. Je dirais que c'est un roman qui cherche à brosser le portrait d'un musicien résistant broyé par la violence de l'Histoire… Il est enrôlé dans l'armée, il est amené à connaître et même à commettre des atrocités, mais dans des situations extrêmes auxquelles il est confronté et qui le mettent à rude épreuve, il fait tout pour ne pas perdre son âme, au risque de devenir fou…

Philippe avait pris le livre sur le grand présentoir central, dans un coin un peu à l'écart des nouveautés, derrière les meilleures ventes, et il s'embarquait déjà, comme c'était souvent le cas, dans un commentaire personnel passionné que rien ne semblait pouvoir arrêter. Les deux dames, attirées par la belle voix de baryton du libraire autant que par son élocution si sympathique et si persuasive, se rapprochèrent, derrière la jeune cliente.

— Mais il faut que je m'arrête là… À toi de découvrir le reste. Tu ne le regretteras pas, je puis te l'assurer !

— Ça a l'air passionnant ! Vous parlez de quel livre ? demanda l'une des deux dames.

— Celui-ci, madame, répondit le libraire en brandissant l'exemplaire qu'il tenait encore à la main.

— *L'oreille voit, l'œil écoute*, c'est un beau titre, murmura-t-elle.

Philippe tendit le livre à Mizuné ; puis il en attrapa un autre exemplaire pour le proposer à la dame manifestement séduite par cette présentation enthousiaste.

Philippe glissa le livre dans un petit sac en papier kraft.

— Quand tu l'auras lu, on en discutera, si tu veux. Tu viendras à la maison, d'accord ?

— Avec plaisir ! Ce sera une grande joie de revoir Mathilde. Allez, merci, Philippe, au revoir. Bonne journée !

— C'est moi qui te remercie. À bientôt !

Mizuné sortit de la librairie, portant le petit sac au creux du bras gauche, tirant son caddie de la main droite. Elle se dépêcha de rentrer chez elle.

11

Après le déjeuner, Mizuné travailla près de trois heures d'affilée pour le prochain concert, dans la petite salle de musique insonorisée. Puis, elle dîna en regardant le journal télévisé. En pleine saison musicale, elle n'avait pas souvent l'occasion d'allumer la télévision. Le poste était d'ailleurs relégué dans un coin de la salle de séjour, caché par un rideau, ce qui montrait clairement la place qu'il occupait dans la vie de Mizuné. On parlait ce soir-là de la multiplication des attentats terroristes non seulement au Proche-Orient, mais encore en Europe occidentale. La présentatrice soulignait que l'onde de choc du 11 septembre 2001 avait été extraordinaire et que la terreur provoquée par les tueries de masse de Madrid en mars 2004 et de Londres en juillet 2005 était toujours là, intacte, pour nous rappeler que l'ordre mondial était entré définitivement dans une phase de déstabilisation géopolitique. Mizuné interrompit un moment son repas, bouleversée par les images qui défilaient sur le petit écran, aussi horribles les unes que les autres. Quelques instants après, elle éteignit brusquement la télévision. Le silence revint dans l'appartement. Chaque fois qu'elle prenait connaissance de ce type d'événements intolérables, révélateurs de la cruauté possible de l'humanité, elle s'en affligeait, sans savoir exactement pourquoi, comme si ça la concernait personnellement. Alors, souvent, lui revenait le souvenir lointain, mais vivace, d'un chagrin violent éprouvé la première fois qu'elle avait vu *Nuit et brouillard* aux côtés de sa jeune mère.

Après avoir rangé ses couverts dans le lave-vaisselle, elle se fit une tisane de camomille. Elle posa son mug sur la petite table basse de forme ovale. Puis elle alla chercher l'ouvrage acheté au Livre d'Or, qu'elle avait laissé sur le piano dans la salle de musique. Elle avait feuilleté quelques pages du chapitre initial, mais elle s'était interdit de s'engager dans la lecture afin de privilégier son travail sur les œuvres programmées pour le concert suivant. Désormais, elle pouvait enfin s'y consacrer. Elle s'installa sur le canapé orange. Elle but d'abord une première gorgée de l'infusion.

Sur la couverture bleu marine, le titre était imprimé en gros caractères. Elle tourna vite la page de garde et la page de titre et entra dans le texte. Pour n'en sortir que six heures plus tard. D'entrée de jeu, elle fut frappée par une scène d'une extrême violence :

> Un militaire, un grand gaillard barbu d'une trentaine d'années, se tient debout à côté d'un tonneau rempli d'eau. Il a dans la main droite un sabre long d'un mètre environ. Il jette un coup d'œil sur le fond d'une énorme fosse nouvellement creusée où gisent deux corps et deux têtes tranchées. Le militaire sort de la poche de sa veste un grand

carré de tissu blanc et essuie, de la garde à la pointe, son sabre brillant d'un éclat singulier...

La nuit avançait silencieusement. On entendait à peine le souffle du vent d'hiver faisant trembler les feuilles des platanes qui montaient droit jusqu'au balcon de son appartement. Mizuné était absorbée dans sa lecture : ses yeux collés à chaque page dévoraient les mots qui passaient, les phrases qui filaient, les paragraphes qui volaient. À un moment donné, elle se recroquevilla, prit ses genoux dans les bras. Elle avait un peu froid. Elle tendit la main droite vers le mug posé sur la table ovale. La camomille était froide. Elle coucha le livre sur les deux pages ouvertes et se leva pour aller chercher dans sa chambre une grosse veste blanche en laine. Une fois revenue sur le canapé, elle continua à lire dans le silence de la nuit profonde. Il était souvent question, dans le livre, de musique classique. Le personnage principal était un musicien japonais qui avait vécu les dernières années, très sombres, de la guerre sino-japonaise. Pour lui, la musique devait être apte à rendre compte des horreurs et des folies dont l'humanité était capable sans scrupule. L'homme au pardessus noir avait raison, se dit Mizuné. Irrésistiblement, certains extraits de la *11e symphonie* de Chostakovitch, qu'elle connaissait maintenant de façon intime, se faisaient de nouveau entendre tour à tour à son oreille intérieure : le passage brutal du premier mouvement calme au deuxième mouvement tumultueux; de la sérénité matinale de « La place du palais » aux événements violents du « Dimanche rouge » culminant dans le massacre sanglant exprimé puissamment par l'utilisation frénétique des instruments de percussion : timbales, grosse caisse, caisse claire, tam-tam, marimba...

Il était presque deux heures du matin lorsque Mizuné parvint au dernier paragraphe de la dernière page, paragraphe constitué d'une seule et longue coulée de phrase :

> Ainsi je garderai toujours en moi cette musique qui résonnait constamment sous son crâne ; je me souviendrai toujours de la beauté frémissante du motif final en trois notes, motif d'une simplicité toute mozartienne qui descend du ciel tel un message phosphorescent envoyé par un ange aux ailes éployées et qui se répand ensuite dans les espaces comme une prière universelle sans dieu, sans religion, sans frontières, une prière sans paroles des âmes errantes ; je vivrai en elle, comme elle vivra en moi, longtemps, très longtemps, avec le souvenir de cet homme qui s'est efforcé, jusqu'au bord de l'abîme, de ne pas céder au fanatisme débile et destructeur, cet homme inoubliable par sa bonté, par son humanité, qui a traversé avec dignité cette innommable zone de catastrophe qu'est la GUERRE.

Elle se coucha. Allongée sous la couette, elle demeurait parfaitement éveillée. La *11*e de Chostakovitch lui revenait. Elle entendait les sons ténébreux des violoncelles et des contrebasses qui entraient majestueusement en reprenant à leur tour le thème principal du premier mouvement : « *La-la-la-la-la-la-li-la-li-la-laaa, la-li-la-laa, la-lala...* » Troublée par les mots mêlés à la musique, elle n'arrivait pas à s'endormir. Au bout d'une demi-heure cependant, elle sombra progressivement dans le puits profond des rêves, où les phrases qu'elle venait de lire d'une part et la musique qu'elle avait jouée la veille de l'autre s'entremêlaient et s'entrechoquaient continuellement.

Le lendemain matin, au réveil, elle téléphona à sa mère pour lui annoncer sa visite.

12

— J'aimerais que tu me parles de Nanou, maman, dit Mizuné de but en blanc.

Agnès fut étonnée d'entendre sa fille employer le diminutif de sa propre mère, Anna. Ça fait une éternité qu'elle ne l'a pas prononcé, se dit-elle.

— Hein ? Pourquoi cet intérêt subit pour Nanou ? Tu es venue me voir pour ça !

— Pas uniquement... Ça fait un moment que je ne t'ai pas vue, maman...

— C'était quand la dernière fois ?

— Je suis venue passer la première quinzaine d'août...

— Ah, c'est vrai. Qu'est-ce que ça passe vite, nous sommes déjà en décembre...

La mère devint songeuse.

— Alors, qu'est-ce que tu veux savoir de Nanou ? Ça fait une éternité qu'on n'a pas parlé d'elle toutes les deux...

Agnès habitait seule dans une vieille maison un peu à l'extérieur de Brive-la-Gaillarde, à quatre heures et demie de Paris en train. Mizuné venait passer le week-end chez elle une fois tous les deux ou trois mois.

Mizuné s'était mise à préparer le dîner.

— Mais, d'abord, commençons par le commencement, quand même… Ton premier concert s'est donc bien passé !

— Oui, maman, ça s'est bien passé… Je suis soulagée. Mon premier concert en tant que premier alto solo, ce n'était pas rien…

— Je suis vraiment contente pour toi. Si je n'avais pas eu ce méchant lumbago…

— Je sais, maman, mais l'important c'est que tu ailles mieux. J'avais un trac monstre jusqu'à la dernière minute, mais finalement je crois que je m'en suis pas mal sortie, je dirais même honorablement…

— Et quelle chance de pouvoir jouer aux côtés de Yo-Yo Ma !

— C'est vrai… Tu sais, c'est un peu le concert qui m'a fait penser à Nanou…

Mizuné garda le silence pendant quelques instants. Elle semblait être ailleurs. Ou peut-être se concentrait-elle sur l'ultime étape de la préparation de son plat ; quant à Agnès, elle regardait sa fille d'un air interrogateur.

— Maintenant, on laisse mijoter encore une bonne heure et ce sera prêt… Écoute, voilà ce qui s'est passé.

Mizuné raconta en détail son improbable rencontre avec l'homme aux cheveux argentés dans le bus qui la ramenait chez elle après le concert du 23 novembre.

— Et ce livre, c'est quoi ?

— C'est un petit livre qui s'appelle *L'oreille voit, l'œil écoute.*

— Tiens ! Ça ressemble au titre d'un livre que j'ai lu… il y a longtemps de ça… Je crois bien que « L'œil écoute » y était…

— Ah oui ? Mais là, ça vient, je crois, de la manière dont la musique fonctionne chez le personnage principal. Quand il entend de la musique, il voit des choses ; et, inversement, il entend de la musique quand il est en présence de certaines scènes... C'est très frappant...

Mizuné, son livre sous le bras, posa la lourde cocotte Staub sur la grande table ronde, tandis que sa mère y mettait deux couverts et une bouteille de bordeaux débouchée. Elles s'assirent. La jeune femme plaça le livre entre sa mère et elle.

— Je te sers, maman.

— Je veux bien. Merci, ma chérie.

— Bon appétit, maman.

— Merci, à toi aussi. Hum ! Ça a l'air bon ! Je ne m'attendais pas à pouvoir déguster un bœuf bourguignon préparé par ma fille ! fit Agnès sur un ton de plaisanterie.

— C'est à peu près le seul plat que je puisse faire sans consulter mon livre de cuisine !

— Veux-tu un peu de vin ?

— Oui, je veux bien. Ce soir, je ne travaille pas...

Elles trinquèrent à la santé et au succès du concert.

— Qu'est-ce que je suis contente que tu sois là, ma chérie !

— Je tâcherai de venir plus souvent...

— Oh, ce n'est pas ce que je veux dire !

S'installa alors un silence au bout duquel Agnès demanda abruptement :

— Tu as des nouvelles de ton père ?

— Oui, je l'ai eu au téléphone le week-end dernier, répondit Mizuné en levant les yeux vers elle, un peu surprise. Il m'a dit qu'il allait beaucoup mieux depuis qu'il avait changé de médicament pour l'hypertension.

— Tant mieux... tant mieux.

Un silence se creusa de nouveau. Agnès le brisa après avoir bu un peu de vin.

— Et alors, ce livre ? demanda-t-elle en le désignant du regard.

— Eh bien, il m'a beaucoup intéressée.

Mizuné prit à son tour une gorgée de vin avant de poursuivre.

— Je comprends pourquoi le monsieur du bus m'a passé *Le Monde*. Dans ce livre, comme par hasard, il est question de la musique de Chostakovitch... mais de la *Huitième symphonie* que je connais moins bien parce que je ne l'ai jamais jouée en concert...

— Et ce que vous avez joué, c'est...

— La *Onzième*...

— Chostakovitch ne fait pas encore partie de mon panthéon personnel... Mais ça viendra peut-être, qui sait ?

— En fait, on ne connaît pas bien Chostakovitch. Il n'est pas très présent dans les programmes de concert. Puis, il est peut-être victime d'une simplification due à son statut de compositeur soviétique...

— En tout cas, tu me donnes envie de le découvrir.

— Je ne sais pas si ça te plaira... C'est une musique tourmentée. C'est le moins qu'on puisse dire... Pour en revenir au monsieur du bus, c'est intéressant, ce qu'il a dit. Il a entendu dans la *Onzième* quelque chose qu'il avait lu à propos de la *Huitième*... Il a sans doute perçu certains effets d'orchestration propres au compositeur et profondément liés à la souffrance et au traumatisme de la guerre...

Mizuné saisit de la main gauche le livre posé sur la table ; elle regarda la couverture bleu marine et en murmura le titre comme si elle se parlait à elle-même.

Un ange passa.

Enfin, d'un air dubitatif, Agnès posa à sa fille la question qui l'intriguait depuis le début de leur conversation.

— Mais, que vient faire Nanou dans tout ça ?

— Maman, ton père, c'était qui, déjà ? Tu peux me redire ce que tu sais de lui ?

— Un musicien japonais, un altiste de surcroît, que Nanou avait connu pendant la guerre. Il était élève au Conservatoire de Paris, quand elle l'a rencontré. Ils sont tombés amoureux l'un de l'autre, mais ils ont dû se séparer en trente-neuf parce qu'il devait rentrer dans son pays… parce que c'était la guerre, tu vois… Je crois qu'il s'appelait Jun… Ils s'étaient promis de se retrouver après la guerre… Nanou a attendu le retour de l'homme qu'elle aimait. Ils se sont écrit, je crois. Mais, à partir d'un certain moment, il n'a plus donné de signe de vie… C'est tout ce que je sais.

— Oui, tu me l'avais déjà raconté et c'est à peu près ce que j'avais en tête quand j'ai lu le roman…

Mizuné but quelques gouttes de vin en regardant dans le vide.

— Nanou est morte quand exactement ? Je ne me rappelle plus…

— En quarante-six. Un cancer foudroyant, d'après ce qu'on m'a dit… bien des années plus tard d'ailleurs… Elle était encore une jeune maman. Je n'avais que six ans. Tu te rends compte ?

— Tu n'as pas beaucoup de souvenirs de ta maman, finalement.

— Eh, non. C'est triste de ne connaître ni son père ni sa mère...

— Tu as tout de suite été recueillie par ton grand-oncle, c'est ça ?

— D'abord par mes grands-parents quand même, mais assez vite par mon grand-oncle Fernand, « Granton » comme on l'appelait plus tard... Tu te souviens ? Qu'est-ce qu'il était gentil, Fernand ! C'est lui, mon papa, d'une certaine manière..., dit Agnès sur un ton attendri. Ce que je sais de Nanou et... de mon père japonais vient de lui.

— Oui, je comprends, ça ne pouvait pas être autrement...

— C'est d'ailleurs lui qui appelait ma mère Nanou... tendrement, quand il me parlait d'elle...

Le regard d'Agnès se perdit dans le vide.

— Fernand, lui, il a connu ton papa...

— Oui, bien sûr, il paraît qu'il venait manger tous les midis au bistrot de grand-tonton. C'est comme ça que Nanou a fait sa connaissance. Elle était étudiante, mais elle aidait son oncle...

— Et mon prénom, c'est Fernand qui te l'a suggéré... Tu m'avais dit ça, je ne sais plus quand. J'étais encore très petite...

— Oui, tout à fait. Il avait plus de quatre-vingts ans quand tu es née. Il faisait du japonais tous les jours malgré son grand âge... Il prenait même des leçons avec une prof ! Dès qu'il avait pris sa retraite, il s'était mis à apprendre le japonais. Une vraie passion, quoi ! C'était certainement lié aux souvenirs qu'il avait gardés de mon père... C'était un esprit ouvert, très curieux, avide de connaissance. Quand il a appris que j'attendais un enfant, il a sauté de joie. Et quelques jours ou quelques semaines après, il m'a dit, très ému, qu'il préparait pour la naissance de mon enfant deux propositions de prénom, l'un pour un garçon, l'autre pour une fille.

— Tu étais d'accord, toi ?

— Oui. Des propositions de grand-oncle Fernand, pourquoi pas. Je n'y voyais pas d'inconvénient… Le jour où il t'a vue, il m'a fait part de son idée de te donner un prénom composé évoquant les deux horizons culturels, français et japonais… Marie-Mizuné. « *Mizu* signifie "eau", me dit-il, ça vient du nom de ton père qui s'appelait Mizukami, tandis que *né* veut dire "son", le son qui résonne. Ça correspond à un idéogramme qu'on retrouve dans le mot "musique" en japonais. C'est donc une petite fille qui s'appelle "le son de l'eau" ou "la musique de l'eau", tu vois… Ça te plaît ? » J'ai été conquise immédiatement. C'est comme ça que tu t'appelles Marie-Mizuné… Mais quel est le rapport entre tout ça et ton livre ?

— Eh bien, je me demande s'il ne parle pas de ton papa… et de Nanou aussi un peu.

— Quoi !

13

Le dîner, ralenti par une conversation dense et soutenue, avait duré plus longtemps qu'à l'ordinaire. La nuit avançait à pas feutrés. Elles étaient maintenant assises l'une à côté de l'autre sur le canapé en L de couleur orange placé au milieu de la salle de séjour bien éclairée par un lampadaire courbé, une suspension, ainsi que par une lampe de table posée sur un secrétaire contre le mur à côté de la grande fenêtre.

Agnès proposa à sa fille une tisane pour finir la soirée. Lorsqu'elle revint avec un petit plateau rond où étaient posées deux tasses et une théière, Mizuné lui dit à brûle-pourpoint :

— Tu vois, maman, ce livre raconte l'histoire d'un jeune musicien japonais qui arrive à Paris en mille neuf cent trente-neuf pour étudier au Conservatoire auprès de Maurice Vieux…

— C'est quelqu'un de connu ?

— Ah oui, c'est un grand altiste français de l'époque. Le jeune Japonais rencontre une Française ; ils tombent amoureux l'un de l'autre ; mais ils doivent se séparer à cause de la guerre…

— Ça correspond à ce que je t'ai dit...

— Oui, tout à fait... Après son retour au Japon, il continue ses études dans un premier temps, mais, finalement, il est mobilisé et envoyé en Chine... La majeure partie du livre est consacrée à sa vie de soldat. Et c'est à travers des extraits de son journal intime assez abondamment cité qu'on a l'impression de pénétrer dans son monde intérieur.

— Il s'appelle comment, le personnage ?

— Il n'est pas nommé... il est simplement désigné par la lettre M. La jeune femme dont il est amoureux, c'est pareil. Elle est appelée F. L'auteur a sans doute préféré les laisser dans le flou, non pas tellement pour cacher leur identité, mais plutôt pour s'appuyer sur la force de l'anonymat afin de donner à leur histoire une dimension universelle...

— C'est peut-être une fiction..., fit Agnès.

— Ça se peut... En tout cas, ça se lit comme un roman. Mais rien n'empêche un roman de dire des vérités. Ou plutôt, il y a des vérités qui ne passent que par la fiction...

Mizuné pensait au pouvoir de la musique, celui que certaines œuvres avaient indéniablement de transmettre la vérité d'un sentiment, d'une situation, d'une époque...

— Ce qui m'intrigue, continua la musicienne, c'est que l'auteur de ce livre s'appelle Otto Takosch...

— Ça n'est pas très japonais, ça, ni français d'ailleurs...

— Non... C'est germanique plutôt... L'auteur serait alors allemand... ou autrichien ? se demanda Mizuné à petite voix. J'ai cherché un peu sur Internet, mais je n'ai rien trouvé sur lui. C'est peut-être normal, il débute tout juste... Ou bien, il veut rester discret...

— Un auteur allemand qui écrit l'histoire d'un Japonais...

Pourquoi pas ? Tout est possible dans le domaine de l'imagination !

L'horloge sonna onze heures. Lorsque le onzième coup laissa se réinstaller et se propager la zone du silence, Mizuné demanda à sa mère :

— Il y a des choses à la maison qui appartenaient à Nanou ?

— Il y a un bazar au grenier. Peut-être qu'il y a des choses dedans... C'est tellement monstrueux que je n'ai jamais eu le courage de regarder de près... Par contre, ce que j'ai gardé de Nanou, c'est ça, répondit Agnès sur un ton à la fois ferme et joyeux.

En posant sa tasse de camomille sur la table, Agnès désignait la petite montre dorée qu'elle portait au poignet gauche.

— Elle la portait, paraît-il, quand elle est décédée. Elle n'avait pas de collier, pas de boucles d'oreilles, pas de bague, rien. Elle avait seulement ça à son poignet d'après grand-tonton Fernand. Et il m'a dit d'une voix émue, je me rappelle très bien : « C'est le souvenir de ta maman, garde-la précieusement. » Je venais d'avoir quinze ans.

— Elle marche toujours ?

— Impeccable.

— Étonnant, plus de soixante-dix ans après...

Agnès l'ôta de son poignet pour la passer à sa fille. Celle-ci la scruta sous tous les angles. Quelque chose au dos de la montre retint son attention.

— On dirait qu'il y a une inscription dessus... Tu le savais, maman ? C'est écrit tout petit...

— Ah non ! Comment veux-tu que je le sache ? On regarde le cadran, pas le dos d'une montre !

— Je ne peux pas lire, c'est trop petit...

— Prends la loupe sur le buffet ! fit Agnès, esquissant un geste d'impatience à peine dissimulé.

Un sourire enchanteur s'épanouit sur le visage de Mizuné.

— C'est écrit : « Pour Anna, mon amour. »

— ...

— Demain matin, je monterai au grenier, déclara l'altiste d'un ton déterminé.

14

Mizuné trouva dans un coin fort encombré du grenier deux choses précieuses, bien rangées dans une boîte à chaussures : un cahier d'écolier où Anna avait consigné ses sentiments et sept lettres plus ou moins longues de Jun, assemblées et mises en liasse dans l'ordre chronologique.

Dans le train qui la ramenait à Paris le dimanche soir, elle commença à suivre pas à pas, dans le cahier considérablement défraîchi de sa grand-mère, les mouvements de son âme et le cheminement de sa conscience. Elle comprit comment Anna avait fait la connaissance du musicien japonais; comment leurs relations s'étaient approfondies; comment ils avaient pris soin de leur amour. Elle se rendit compte à quel point l'oncle Fernand s'était montré compréhensif et bienveillant à l'égard de sa nièce; elle réalisa aussi combien il avait apprécié l'ami altiste de sa nièce, *sérieux et passionné dans son travail, fidèle et dévoué en amitié*; Fernand avait été une sorte d'ange protecteur pour le jeune couple. Les mots de Nanou sur les heures qu'elle avait passées à Marseille aux côtés du jeune musicien qu'elle adorait, au moment même où ils allaient être séparés par le destin, celui d'être nés dans deux pays aussi éloignés l'un de l'autre géographiquement, étaient particulièrement touchants. Quel déchirement, quelle torture, comment avaient-ils pu résister à une telle douleur ?

Le journal s'arrêtait en janvier 1945. Dans les pages, au demeurant peu nombreuses, relatives à la période où les deux jeunes gens communiquaient à distance, toutes les pensées d'Anna tournaient, comme il se doit, autour de son ami lointain. Puis, les nouvelles se raréfiant, le nom de Jun apparaissait de moins en moins souvent. À la fin, tout au long des pages, une même phrase revenait inlassablement : « Pas de nouvelles. » Mizuné, à plus de soixante ans de distance, partageait physiquement la douleur de Nanou : elle était prise d'une sensation d'oppression thoracique qui lui faisait penser à une crise d'angine de poitrine comme celles dont souffrait, à de rares moments inattendus, sa mère.

— Madame, on est arrivé à Austerlitz...

La voix d'homme la fit sursauter.

— Ah, excusez-moi, répondit Mizuné au contrôleur.

Rentrée chez elle, Mizuné entama la lecture des lettres de Jun. Elle les lut, le cœur battant, les unes après les autres, comme si elle occupait la place de Nanou, dévorant chaque mot de son amour, comme si elle était devenue la vraie destinataire des lettres. Au début, Anna avait régulièrement reçu des nouvelles du pays lointain, au moins une fois tous les deux ou trois mois. Puis, les missives s'étaient espacées nettement pour s'arrêter un jour brusquement. C'étaient des lettres écrites avec soin, presque calligraphiées, dans un français simple, parsemé çà et là de maladresses de grammaire et de syntaxe, caractérisé par un vocabulaire restreint, des expressions parfois étranges que Mizuné ne comprenait pas toujours. Mais, on sentait chez l'épistolier, surtout dans les premières lettres, longues et détaillées, une très grande sincérité, un amour débordant, une ineffable douceur de cœur.

Il se faisait tard. Il fallait qu'elle se repose, car le lendemain elle avait une journée de travail avec l'orchestre. Avant de remettre les lettres et le cahier dans la boîte à chaussures, Mizuné feuilleta à nouveau le journal intime de Nanou. Elle avait du mal à quitter sa grand-mère, qu'elle retrouvait vivante dans ces pages serrées, noircies d'encre de douleur. Les sept dernières pages étaient vierges mais, arrivant à la dernière, elle eut la surprise de découvrir une petite pochette marron toute simple collée sur la page. On y voyait le bout d'une enveloppe blanche un peu jaunie. Mizuné la retira : il s'agissait d'une enveloppe postale utilisée par Jun pour envoyer à Anna une de ses lettres :

Mademoiselle Anna Melchionni
74 rue de Rome, Paris VIIIe arrondissement

Mizuné retourna l'enveloppe. Le nom et le prénom de l'expéditeur, soigneusement tracés, lui frappèrent les yeux :

Jun Mizukami

Enfin, elle découvrit à l'intérieur une petite photographie déchirée.

QUATRIÈME MOUVEMENT

Le prince des sons

15

Nous sommes le mercredi 17 novembre 1993. Ma grand-mère Ayako est morte avant-hier à l'hôpital. Elle avait soixante-quatorze ans. Les obsèques ont eu lieu à la maison dans la plus stricte intimité. Quelques voisins sont venus néanmoins saluer la défunte, mais pour le reste, nous étions seuls, mes parents et moi, face au cercueil.

Nous avons passé deux bonnes heures à évoquer nos souvenirs.

Mon père a parlé du kimono qu'elle avait confectionné à son intention il y a quelques années comme *katami*, c'est-à-dire comme un objet-souvenir qui l'incarne et la remplace en quelque sorte auprès de lui. Il ne l'a jamais mis, mais il va le porter désormais à la maison comme ça se faisait souvent autrefois. Il avait du mal à parler, empêché par quelque chose comme une boule d'émotion dans la gorge. Il s'interrompait, plongé dans des songeries sans objet ni suite.

Ma mère nous a confié le souvenir d'un après-midi d'automne calme et ensoleillé. Sa belle-mère, assise en face d'elle sur la terrasse de la maison ouverte sur le jardin, lui avait fait part des années sombres de sa jeunesse et des trop courts moments de plénitude passés avec son mari. Elle revoyait, a-t-elle dit d'un air pensif, le visage de sa belle-mère marqué par la tristesse mêlée à la douceur des souvenirs. Un épisode particulièrement saisissant se détachait avec netteté, a-t-elle ajouté à la fin, du plus profond de sa mémoire : celui de la mort de sa mère malade, en plein milieu d'une attaque aérienne américaine dans le quartier de Nogata, alors qu'elle était sur le chemin du retour à la maison après s'être procuré des médicaments pour elle. « Ah oui ! a réagi subitement mon père à ce moment-là, ma grand-mère a succombé un jour de mai 1945, épuisée par la fièvre typhoïde, terrassée de surcroît par l'incessante pluie de bombes... Elle me l'a raconté plus d'une fois... oui plus d'une fois... »

Quant à moi, j'ai évoqué le souvenir d'une conversation que j'avais eue avec ma grand-mère au sujet de deux films il y a un an ou deux. Elle aimait beaucoup le cinéma. Ma grand-mère parlant avec enthousiasme de ses films préférés, c'est l'image la plus vive que je garde d'elle à qui, sans le moindre doute, je dois mon goût pour le septième art. Il s'agit d'abord de *Je ne regrette rien de ma jeunesse* d'Akira Kurosawa, un film de 1946. Le cinéaste des *Sept Samouraïs* s'est inspiré du fameux « incident de Takigawa » – un des événements d'avant-guerre (il a eu lieu en 1933) révélateurs de l'oppression exercée sur la pensée par le pouvoir despotique – pour brosser le portrait d'une jeune femme, Yukié, aspirant à la liberté, bravant les persécutions, défiant les regards inquisiteurs environnants. Ma grand-mère l'avait vu dès sa sortie ; elle avait été éblouie, m'avait-elle dit, par le personnage de

Yukié, incarné par une Setsuko Hara fort différente de la légendaire égérie d'Ozu qu'elle était devenue par la suite. Influencé par la passion communicative de ma grand-mère, j'ai vu à mon tour l'admirable film de Kurosawa. Je dois dire que j'ai été choqué par le revirement des villageois qui, de diaboliques persécuteurs, deviennent, à l'ère de la démocratie, d'aimables voisins.

Le deuxième film dont elle m'avait parlé avec ferveur était *Les bourreaux meurent aussi* de Fritz Lang. J'entends encore sa voix : « C'est un film qui date de 1943… Toute cette période noire entre 1937 et 1945 a été d'une importance cruciale pour ton grand-père… » En disant cela, elle était devenue tout à coup songeuse… Le film met en scène la résistance des Praguois pendant l'occupation nazie de la Tchécoslovaquie, autour de l'assassinat de Reinhard Heydrich, vice-gouverneur du Reich en Bohême-Moravie. « L'histoire de ces résistants au régime nazi, qu'on aurait qualifiés au Japon de *criminels de pensée*, m'a renvoyée à ce que nous avions vécu ici à la même époque d'une manière aussi tragique que douloureuse », avait-elle ajouté.

Vers treize heures, nous sommes allés au centre municipal d'incinération. Là, nous lui avons dit un dernier adieu à travers la minuscule fenêtre du cercueil, avant que celui-ci ne se glisse tout doucement dans le four de crémation.

En attendant que l'incinération se termine, dans la grande salle où nous sommes réduits à un silence étouffé en compagnie de deux autres familles endeuillées, je lis le journal de ma grand-mère. Il s'agit de deux gros cahiers cartonnés où elle a consigné ses pensées quotidiennes pendant une vingtaine d'années entre 1943 et 1965. Le journal s'arrête symboliquement au lendemain des vingt ans de son fils Takashi. Peut-être ma grand-mère a-t-elle continué à tenir son journal, mais dans un autre cahier dont on ignore l'existence. Les deux volumes sont rangés dans une grande enveloppe molletonnée, avec un carnet qui a appartenu à son mari, un carnet vert foncé très abîmé et fort sali, par ailleurs, de traces d'eau boueuse. Pourquoi son journal s'arrête-t-il comme par hasard lorsque son fils devient majeur ? Mystère. Il est certain en tout cas qu'elle a voulu marquer la fin d'une époque. S'est-elle sentie libérée d'une tâche… celle d'élever son enfant avec le plus grand soin en s'entretenant perpétuellement avec elle-même, et peut-être aussi avec l'ombre de son mari trop tôt disparu ?

J'ouvre les pages qui correspondent à la dernière année de la guerre de Quinze Ans[1], période durant laquelle elle était infirmière à l'hôpital militaire de Tokyo.

1. On appelle ainsi la guerre d'agression coloniale menée par l'Empire japonais entre 1931 et 1945 en Chine et dans les pays d'Asie du Sud-Est.

16

Journal d'Ayako (extraits)

18 MARS 1945

Un jeune soldat, M, a été rapatrié du front chinois il y a une dizaine de jours. Il manifeste plusieurs symptômes graves. Vomissements à répétition, diarrhée aiguë, forte fièvre et, surtout, accès de délire. Je dois m'occuper de lui tout spécialement. C'est certainement un cas difficile ; « il souffre d'un trauma profond, je vous le confie », m'a dit le docteur N, le chef du service. Je lui ai répondu que je ferais de mon mieux pour être à la hauteur de la confiance qu'il m'accorde.

On ne sait pas jusqu'à quand l'hôpital peut fonctionner… C'est un miracle qu'on ait échappé aux bombardements du 10 mars… Quoi qu'il arrive, il faut continuer à faire notre travail avec les moyens qui nous restent.

L'infirmière en chef m'a remis le dossier du malade, établi à son arrivée à l'hôpital. Elle m'a dit d'aller le voir après y avoir jeté un coup d'œil. Plusieurs pages étaient remplies d'observations diverses émaillées de mots techniques en allemand. Mon attention a été retenue par certains détails (ancien élève de l'École nationale de musique, séjour en France, etc.) de la biographie du patient. J'ai profité du silence du couloir pour parcourir le dossier jusqu'à la fin. Puis, j'ai rejoint mes collègues dans la salle des infirmières.

(...) Dans l'après-midi, je suis allée me présenter au soldat M. Il était allongé sur son lit étroit, fixant un regard vide sur le plafond, entouré d'une quinzaine de soldats malades ou blessés. Ce mélange hétéroclite d'hommes de guerre épuisés, cette étrange collection de têtes bandées, de bras plâtrés et de jambes sectionnées, ces pauvres soldats sous-alimentés, provisoirement écartés du danger de mort imminent, offraient un spectacle désolant. Je lui ai dit : « Bonjour, monsieur. » Il n'a pas bronché. J'ai réitéré ma salutation. Il a alors tourné la tête vers moi, lentement, le regard dans le vide, comme celui d'un somnambule. J'ai répété : « Enchantée, monsieur... Je m'appelle Ayako, Ayako Amané. Je m'occupe de vous à partir d'aujourd'hui. » J'ai prononcé ces quelques mots avec un grand sourire et sur le ton le plus gai possible. Mais pas de réponse. Le soldat est resté cloîtré dans le silence. J'ai poursuivi : « Comment vous sentez-vous maintenant ? Vous aviez moins de fièvre ce matin. C'est bon signe. Je peux prendre votre température ? »

Je me suis baissée ; j'ai posé sur le plancher le dossier que j'avais à la main. Puis j'ai remis sur le corps amaigri de M la couverture dont une large partie traînait par terre. Elle était usée et trouée par endroits. Quelle misère ! Le soldat M a pris le thermomètre que je lui ai tendu. Il l'a placé machinalement sous l'aisselle. Il me regardait dans les yeux comme un enfant tout étonné de se trouver devant une inconnue alors qu'il croyait s'accrocher au manteau de sa mère. Quelques minutes après, je lui ai demandé de me rendre le thermomètre. La température avait légèrement baissé. Je lui ai dit : « Vous avez moins de fièvre, je suis contente ! Je reviendrai vous voir ce soir au moment du dîner. Je vous apporterai vos médicaments. D'accord ? »

M n'est pas sorti de son silence de tombeau. Il fixait son regard toujours vide sur le plafond peint en gris d'où pendait une ampoule munie d'un abat-jour sommaire. Regardait-il plutôt l'ampoule ? Je ne sais pas. Je me suis penchée sur le soldat M allongé et lui ai dit : « On va guérir, monsieur. On va guérir ensemble... »

(...)

23 MARS 1945

Pour la première fois, nos regards se sont rencontrés. C'est du moins ce que je crois. Nous sommes restés en silence les yeux dans les yeux pendant une longue minute comme si nous étions tombés simultanément dans un état d'hypnose. Mais, d'une manière totalement inattendue, le calme qui semblait imperturbable a été brisé par des cris de démence désespérés. Voici grosso modo ce que j'ai entendu : « La guerre ! la guerre !... Je suis la guerre ! Oui, soixante-cinq ! Soixante-cinq ! La guerre ! Soixante-cinq ! C'est moi, la guerre ! Soixante-cinq ! La guerre ! la guerre !... Non, non, pas vrai ! Je ne suis pas la guerre ! Je ne peux pas, je ne peux pas, je ne peux pas, je te dis !... Non, il n'a rien fait, rien, rien ! Oh non, non, non !... (Un long silence.) D'accord, je vais le faire..., je vais le faire... Non, non, non !... Je ne suis pas la guerre !... Aaaaaah ! Je fonce ! Me voilà ! Soixante-cinq ! » En poussant des cris d'effroi, M se frappait la poitrine de toutes ses forces. Je l'ai pris dans mes bras, machinalement, pour essayer de l'en empêcher.

Les autres soldats hospitalisés étaient éberlués par la soudaine irruption de ces cris féroces et incompréhensibles. L'air remué par les grands gestes de M accompagnant ses proférations insensées faisait bouger imperceptiblement la petite ampoule suspendue.

J'étais troublée. Je ne savais trop quoi faire. D'instinct, j'ai pris la main de M et je lui ai caressé, sans mot dire, l'avant-bras nu jusqu'au coude comme si je caressais le ventre d'un chien couché sur le dos. J'ai attendu que le patient se calme, qu'il ferme les yeux, qu'il sombre peu à peu dans la somnolence. Sur le front du soldat perlaient d'innombrables gouttes de sueur. J'ai sorti de la poche de ma blouse une petite serviette en coton pour essuyer la transpiration. Je suis restée un moment auprès de M, qui semblait être rentré dans son territoire de silence.

J'ai quitté la salle à la nuit tombante.

(...)

6 AVRIL 1945

Deux violentes crises de délire. On dirait qu'il se bat frénétiquement contre un ennemi quand il crie : « Je suis la guerre ! Soixante-cinq ! C'est moi, la guerre ! » Mais qu'est-ce que ça veut dire, le chiffre soixante-cinq ? Il gesticule furieusement comme s'il évitait des projectiles. La durée du délire est variable. Ça peut durer une minute comme ça peut durer dix minutes. Mais il y a une constante : à la fin, il se flagelle alors que, quelques instants auparavant, il semblait voir devant lui un ennemi à abattre...

(...)

21 AVRIL 1945

L'état de santé de M semble s'améliorer peu à peu. Vomissements et diarrhée, qui étaient si fréquents au début, se raréfient. Il a toujours un peu de fièvre (37,5, ce soir). Mais ce n'est rien par rapport à la température en dents de scie qui le fatiguait énormément jusqu'à il y a quinze jours. Seuls restent les crises de délire qui s'emparent de lui au moment où l'on s'y attend le moins et le silence obstiné dont il ne sort jamais. Ça fait un mois que je le connais. Mais je ne le connais pas en fait. Je ne connais pas le véritable son de sa voix ni, par conséquent, sa manière de parler. Le délire dénature ses paroles et défigure son être. Je me suis rendu compte pour la première fois que, lorsque j'ignore la voix – le grain de voix et les particularités phonatoires – de celui ou celle qui se trouve en face de moi, l'image que je me fais de lui ou d'elle n'est pas complète, tant s'en faut.

Mais je ne désespère pas. Je vais le voir tous les jours avec une régularité constante, quatre fois par jour, afin de prendre sa température et sa tension, afin de lui administrer ses médicaments, afin de lui apporter ses repas, même si, parfois, sur le plateau, il n'y a qu'un maigre morceau de pain dur avec un peu de soupe grossière. Et, à chaque rencontre, j'essaie de lui parler le plus calmement possible en évitant d'exprimer le moindre soupçon d'impatience.

(...)

11 MAI 1945

Une crise aiguë de délire cet après-midi. Il a crié, je ne sais combien de fois, avec une voix terrifiante : « Je suis la guerre ! » Comme il se débattait et qu'il était immaîtrisable, j'ai dû faire appel à ma collègue Toshiko.

(...)

15 MAI 1945

La matinée a été troublée une fois de plus par un délire prolongé de M (...) : je suis sûre qu'il vit, ou revit, quelque chose d'effroyable.

(...)

23 MAI 1945

Je dis invariablement à M : « J'espère que vous avez passé une bonne journée malgré tout. Je vous souhaite une bonne nuit. Je reviendrai vous voir demain matin comme tous les jours. À demain ! » Je me retourne une ou deux fois avant de disparaître dans le couloir sombre en tirant le rideau blanc qui fait office de porte. Quant à M, il regarde fixement le plafond comme s'il était fasciné par des images qui y sont projetées mystérieusement à travers un invisible kaléidoscope suspendu.

Or, ce soir, il s'est passé quelque chose de nouveau. Lorsque je me suis retournée après m'être occupée de plusieurs autres patients, le jeune soldat était assis, muet, sur le bord de son lit, semblable à un être fantomatique qui ne pèse pas plus qu'une plume d'oiseau. Il me regardait partir. Surprise de l'événement, car c'était un événement, je suis revenue sur mes pas. J'ai vu sur son front la sueur couler de la lisière des cheveux, dégoutter sur ses tempes, ruisseler sur ses joues. Je n'ai rien dit. Je l'ai simplement aidé à se rallonger sur le lit. M a prononcé à ce moment-là, d'une voix à peine audible : « Merci. Bonne nuit. » C'était bref, mais j'ai cru entendre pour la première fois sa vraie voix. Je lui ai répondu comme si de rien n'était : « À demain, monsieur M. Ah, non, pardon. Exceptionnellement, je ne viens pas à l'hôpital demain ni après-demain. J'ai demandé deux jours de congé pour ma mère qui est malade. Je vous retrouve donc dans trois jours ! » Je crois que M a fait un grand pas en avant.

31 MAI 1945

Maman est morte le 25 mai, il y a une semaine. Quelle journée maudite ! Quel déluge de bombes ! Quel champ d'incendie ! Quelles détonations interminables ! Et quelle horrible vision, enfin ! Ce petit bras arraché ! Une de ces bombes qui n'arrêtaient pas de tomber a emporté cette petite fille qui n'avait rien fait de mal. Et moi qui ai jeté impulsivement, comme un mouchoir en papier usagé, ce petit bras ensanglanté que je tenais sans le savoir ! Je n'ai même pas eu l'idée de l'enterrer correctement ! Quelle honte ! Quelle honte ! Quelle honte ! Maman était morte quand je suis arrivée à la maison...

(...)

3 JUIN 1945

Maman est morte. Elle est morte seule, dans la peur et dans la solitude. Si j'étais rentrée plus tôt à la maison... Mais qu'est-ce que j'aurais pu faire sous cette pluie de bombes ?... Je suis là. Mais maman n'est plus là. Je m'accroche à mon travail pour ne pas succomber à l'angoisse d'être seule...

5 JUIN 1945

J'ai repris le dossier de M. Je n'ai pas l'impression que ça se soit bien passé pendant mon absence. Ma remplaçante, Toshiko, note dans le dossier que le patient est loin de retrouver l'usage de la parole, qu'il se mure toujours dans la forteresse de son mutisme et qu'il n'en sort que pour entrer dans un grand délire. Ses cris féroces de « Je suis la guerre ! Soixante-cinq ! C'est moi, la guerre ! » note-t-elle, reviennent comme une rengaine obsédante.

(...)

11 JUIN 1945

Les résultats des analyses de M s'améliorent. Il répond maintenant quand je lui parle. On peut avoir une conversation désormais, même si elle est limitée à un échange assez formel. Je lui ai demandé comment il se sentait. Il m'a répondu d'une voix claire qu'il allait bien...

(...)

16 JUIN 1945

M va mieux. Ça me fait plaisir de le voir progresser sur son chemin de guérison. Les moments d'absence sont de plus en plus espacés. Depuis mon retour, il n'avait eu qu'une seule grande crise de délire. Mais c'est revenu cet après-midi brusquement. C'était violent. Et ça a duré longtemps. Les mots et les phrases sont toujours les mêmes. L'effroi et la terreur s'emparent de lui et le plongent dans un autre monde, dans une autre temporalité. Comme à l'accoutumée, je l'ai étreint fort dans mes bras pour l'apaiser. Il tremblait et pleurait tel un enfant épouvanté par un cauchemar.

Vers seize heures, il a retrouvé son calme. Nous avons pu avoir une conversation assez normale, presque agréable. Il a même pris la liberté de se promener dans les couloirs et aussi un peu à l'extérieur.

(…)

21 JUIN 1945

Pour la première fois, M m'a adressé la parole sans que je lui pose de question préalablement. Ça m'a fait vraiment plaisir. Pendant la pause de midi, assise à la grande table disposée dans le couloir en face de la salle des infirmières, je prenais mon bento. M est passé et s'est arrêté. Sentant la présence de quelqu'un, j'ai levé les yeux. Il m'a adressé une amorce de sourire. Je lui ai demandé si tout allait bien. C'est là qu'il m'a dit, de but en blanc, qu'il avait appris de Toshiko que j'avais récemment perdu ma mère. J'ai été très surprise de ce soudain intérêt pour ma vie personnelle.

(…)

26 JUIN 1945

J'ai eu une assez longue conversation avec lui. Il m'a raconté un peu sa vie. Il m'a parlé de ses études musicales, de son instrument fabriqué par un certain Suzuki, de son séjour en France, et de son passage en Mandchourie. J'ai remarqué que, dès l'instant où il prononçait le mot de Mandchourie, les mots ne venaient plus facilement. Il bégayait, bafouillait en tremblant. Il transpirait aussi, alors qu'il ne fait pas encore si chaud que ça... Il s'est tu finalement... Je l'ai ramené au thème de la musique. Alors, il est devenu plus bavard. Il a évoqué le souvenir d'un ami clarinettiste russe rencontré à Paris ; celui-ci lui avait fait connaître la musique d'un compositeur russe d'aujourd'hui. C'est un nom compliqué, je ne l'ai pas retenu. M était complètement différent, quand il m'a parlé du choc émotionnel qu'il avait éprouvé en 44, juste avant d'être incorporé à l'armée, à la lecture d'une partition toute récente de ce compositeur, envoyée de Moscou par cet ami russe rentré dans son pays comme lui. J'avais l'impression à ce moment-là qu'il était ailleurs. Son regard était lointain, tourné vers un point décalé par rapport à mon visage. Mais il brillait, animé d'une lueur sombre et d'un élan impétueux, comme un assoiffé qui revit en buvant au goulot d'une gourde remplie d'eau fraîche. Je ne l'avais jamais vu ainsi passionné... J'avais en face de moi un musicien, quelqu'un qui semblait puiser en silence de l'énergie vitale dans une succession de notes impalpables que personne, dans la salle, ne pouvait entendre...

(...)

7 JUILLET 1945

Il a rechuté. Un grand délire a pris possession de lui juste après le déjeuner. Pas de crise violente comme celle-ci depuis trois semaines. Je ne vois pas ce qui a pu la déclencher...

La fin de la guerre est-elle encore loin ? La guerre est finie en Italie. Avec le suicide d'Hitler, l'Allemagne a capitulé. Pourquoi ce pays continue-t-il cette guerre qui paraît insensée aux yeux de qui veut voir la réalité en face ? Pourquoi veut-il agresser les pays voisins ? Ce pays, guidé, paraît-il, par la volonté divine de notre Prince suprême, est-il infaillible ? Il s'est enlisé pourtant dans cet engrenage d'opérations militaires insensées : de Guadalcanal à Imphal, d'Imphal à Saipan, de Saipan à Iwo Jima... rien n'a pu arrêter la folie de la machine guerrière. Et aujourd'hui les gens d'Okinawa sont dans une souffrance innommable. Derrière les mots vaillants et excessifs du Quartier général impérial, on peut deviner une réalité sanglante... Les hauts dignitaires veulent-ils vraiment nous entraîner vers « l'honorable suicide des cent millions » ? L'armée distribuerait à ceux qui en veulent du cyanure au cas où... Quelle horreur ! En fait, je ne devrais pas tenir de tels propos... Mais ma patience est à bout...

(...)

18 JUILLET 1945

Il va mieux, je trouve. Certes, il a souvent des moments d'absence où il ne réagit pas à mes questions, mais il ne délire plus depuis un moment. Je croise les doigts... Quand il tombe dans cet état d'hébétude, qu'est-ce qui se passe en lui ? On dirait qu'il s'est enfermé dans un monde à lui, bétonné de murs de silence...

(...)

25 JUILLET 1945

Surprise ! Il s'est confié à moi. Il m'a parlé de ses années heureuses à Paris, de la passion avec laquelle il avait étudié l'alto au Conservatoire avec un professeur extraordinaire, de ses amis musiciens, de son ami russe Vladimir, d'une Japonaise appelée Kyoko, de la joie de la musique qu'il avait pleinement vécue en faisant avec eux de la musique de chambre... Enfin, il m'a parlé de sa rencontre avec une Française au bistrot où il allait manger tous les jours à midi... Il a d'abord qualifié leurs relations d'amitié profonde... avec une certaine gêne, il est vrai, mais quand il a évoqué à la fin leur dernier jour en France et, surtout, leur séparation définitive sur le port d'une ville méditerranéenne, il n'a pas hésité à utiliser le mot « amour »... Des larmes lui montaient aux yeux, irrésistiblement, malgré tout l'effort qu'il s'imposait pour se retenir... Mais pourquoi m'a-t-il raconté tout cela, subitement ? Pourquoi ?

(...)

6 AOÛT 1945

Information donnée par le Quartier général impérial : une bombe de type nouveau a été lancée à Hiroshima. Les dégâts sont « assez considérables ». L'état de M est satisfaisant... Je voudrais seulement qu'il ait un peu plus d'appétit. (...) Il m'a demandé si les journaux parlaient de la « bombe de type nouveau »...

9 AOÛT 1945

Une autre bombe de type nouveau a éclaté dans le ciel de Nagasaki. Le QGI n'en dit pas un mot. On dirait que cette deuxième bombe est traitée comme un événement ordinaire...

11 AOÛT 1945

Le quotidien *Asahi* révèle que les « bombes de type nouveau » sont en fait des bombes atomiques... Je n'ai pas encore vu de photos, mais des rumeurs circulent sur des visions d'enfer qui dépasseraient toute imagination... M a manifesté le désir de lire les nouvelles. Je lui ai passé le journal qu'on reçoit à l'hôpital.

(...)

15 AOÛT 1945

À midi, Sa Majesté impériale a parlé à la radio. C'est la fin de la guerre. À l'hôpital, nous l'avons tous écouté, agenouillés par terre, le personnel aussi bien que les malades. Personne, je crois, n'avait jamais entendu sa voix jusque-là. C'était une voix nasillarde étrange, privée d'émotion, irréelle, d'outre-tombe, qui agençait des mots incompréhensibles dans un discours obscur que personne ne comprenait vraiment sans doute. En tout cas, j'avais du mal à saisir le sens des vocables rares que Sa Majesté impériale prononçait bizarrement. Ce n'est qu'après l'intervention impériale, lorsque quelqu'un de la radio a expliqué dans un japonais normal le sens de ce qui venait d'être dit par Sa Majesté qu'on a enfin compris avec certitude la défaite et la capitulation du Japon. J'étais dans la salle des infirmières avec mes collègues. J'entendais autour de moi le bruit des sanglots comprimés. Mais, moi, j'éprouvais en mon for intérieur un immense soulagement. Plus de raids aériens, plus de bombardiers B29. Influencée par les pleurs des autres, j'ai senti en moi une émotion monter jusqu'à la gorge. Mais ce n'était pas un chagrin, ni un désespoir... C'était un soulagement, le relâchement de tous les muscles tendus à l'extrême... À partir de maintenant plus de bombes ! ai-je crié secrètement.

(...)

Je suis allée le revoir avant de rentrer. Il était assis sur son lit, tourné vers la fenêtre grande ouverte. Il respirait à pleins poumons l'air rafraîchi du soir. Quand je lui ai murmuré à l'oreille : « La guerre est finie. Il n'y aura plus de sirènes d'alerte. Demain il fera beau. On pourra regarder le ciel... », M me fixait du regard, d'un regard absent, lointain, vide... Lorsque je lui ai dit : « Au revoir et à demain ! », il a esquissé un début de sourire et, quelques secondes après, il a ajouté d'une voix retenue et imperceptiblement tremblante : « Merci d'être là, merci pour tout... »

23 AOÛT 1945

J'ai vu des photos prises à Hiroshima quelques jours après le jour fatal. C'est l'horreur absolue... Depuis le début de cette interminable guerre, combien de vies – je pense à toutes les vies, indépendamment de leur nationalité – ont été broyées, anéanties, jetées comme des rats pestiférés ?... Qu'est-ce qui nous attend au-delà de cette dévastation ? Le pays se relèvera-t-il de ce néant qu'il a creusé lui-même en quelques décennies ?

Phénomène incroyable : les gens qui, avant le 15 août, comparaient avec haine l'Amérique et ses alliés aux démons et aux bêtes féroces, répétant haut et fort le slogan du Quartier général impérial, « Honorable suicide des cent millions de sujets nippons », ont changé du tout au tout en un tournemain : ils sont devenus les meilleurs amis des Américains ! Je ne comprends rien à cette métamorphose instantanée !...

[Non daté]

M va mieux. Il m'a parlé pour la première fois de son envie de toucher à son instrument...

(...)

29 SEPTEMBRE 1945

J'ai vu dans le journal la photo de l'Empereur avec le général MacArthur. On en parle beaucoup. Ils sont l'un à côté de l'autre. La photo a été prise à l'ambassade des États-Unis. Cela veut dire que c'est l'Empereur qui est allé voir MacArthur... L'Empereur qui va voir quelqu'un ! C'est du jamais vu, ça ! Ce sont les autres qui vont le voir, normalement... L'Empereur, en smoking avec une cravate à rayures, droit comme un piquet devant l'appareil photographique, est *un tout petit homme* à côté du militaire américain géant. Celui-ci mesure peut-être vingt centimètres de plus ! Il est en tenue décontractée, sans cravate, les deux mains sur les hanches. On dirait que le *dieu* nippon est terrassé par un *homme* américain. Les gens de ce pays vont-ils continuer à croire que ce petit homme est un dieu, une divinité sur terre ?

(...)

17

Ma grand-mère, Ayako Amané, a donc fait la connaissance de Jun Mizukami à l'hôpital militaire de Tokyo où elle travaillait en qualité d'infirmière. Ce fut la rencontre de deux cœurs blessés et tourmentés : d'un côté, celui du jeune soldat, en proie à des délires dus, à n'en pas douter, à une expérience douloureuse, et de l'autre côté, celui d'une jeune femme qui se culpabilisait non seulement d'avoir laissé mourir sa mère malade toute seule à la maison au plus fort d'un bombardement massif, mais encore d'y avoir survécu alors qu'il avait coûté la vie à une petite fille perdue au milieu d'une pluie de bombes incendiaires. Une petite fille inconnue dont elle ne tenait à la fin qu'un bras en sang séparé du reste de son minuscule corps. Dans le silence de la salle d'attente du centre municipal d'incinération, mon père m'a dit que sa mère avait été marquée à vie par ces deux morts tragiques survenues en même temps et qu'elle lui en parlait et reparlait chaque année lors du retour du beau temps, au mois de mai.

Jun Mizukami et Ayako Amané se sont mariés en octobre 1945, environ deux mois après la fin de la guerre, qui s'était terminée le 15 août sous le choc des deux monstrueux champignons hissés dans le ciel d'Hiroshima et de Nagasaki. De cette union est né mon père, Takashi Mizukami. C'est celui-ci qui, deux jours après la mort de ma grand-mère, lorsque, ayant fini la brève cérémonie d'adieu familiale, on attendait l'arrivée de la voiture funéraire, m'a appris l'existence de ces deux gros cahiers qui contiennent le journal intime de sa mère. Celle-ci, hospitalisée à la suite de la découverte d'un cancer à l'estomac, l'avait fait appeler pour lui communiquer « quelque chose d'important ».

Ma grand-mère, se sachant condamnée, a voulu confier ce qu'elle avait toujours gardé pour elle et au plus profond d'elle-même. Elle a beaucoup hésité. Si elle ne disait rien, tout serait englouti dans le néant, dans les ténèbres de l'oubli et de la mort. Maintenant qu'une vie entière, la sienne, était passée et qu'elle touchait à sa fin, il fallait peut-être que son fils sache au moins comment ils s'étaient connus, elle et son père, qui il était véritablement, son père, comment il était mort, ou plutôt comment il s'était donné la mort... C'est ainsi qu'Ayako Mizukami, ma grand-mère, a indiqué, peu avant sa mort, à son fils unique Takashi le lieu où étaient conservés ses deux cahiers personnels et le carnet vert de son mari, qu'elle avait découvert peu après son suicide.

Ma grand-mère a élevé son fils seule tout en travaillant comme infirmière. Elle lui a toujours dit que son père était mort d'une maladie grave quand il était encore bébé. Il a grandi dans l'amour débordant de sa mère ; il a poursuivi une scolarité sans faute ; il a fait des études universitaires qui lui ont permis d'obtenir une place confortable dans une entreprise de renommée mondiale. En 1974, à l'âge de vingt-huit ans, il s'est marié avec Fumiko, ma mère... et je suis né en 1975. D'après mon père, ma grand-mère, en bonne mère compréhensive, avait toujours respecté la liberté de son fils en matière d'orientation scolaire et professionnelle. Mais, lors de ma naissance, une fois n'est pas coutume, elle lui avait demandé s'il ne pouvait pas lui laisser le soin de choisir le prénom de son petit-fils. Mon père fut fort étonné de la douce fermeté avec laquelle sa mère insistait sur *son caprice*. En accord avec sa femme, il ne s'est pas opposé au vœu de sa mère, d'autant plus que le prénom proposé leur a beaucoup plu. C'est ainsi que je m'appelle *Otohiko*. Pourquoi ce prénom ? Il me paraît évident qu'elle voulait y inscrire le souvenir de son mari, avec un idéogramme évocateur de musique : *oto*, en effet, veut dire « son » et correspond à l'une des deux composantes du mot « musique », tandis que *hiko* renvoie à l'idée de l'« homme noble » ou du « prince ». Projetait-elle dans ce prénom somme toute assez rare la voie de la musique qu'elle souhaitait secrètement que je choisisse ? Ou voulait-elle simplement conserver de cette façon la mémoire de son mari musicien dont la carrière avait été cruellement anéantie par une guerre insensée ? Je l'ignore. Mais le fait est là : je ne suis pas musicien, je ne le serai pas. Il est trop tard pour emprunter la voie de la musique. Pour le moment je ne suis rien... Ou plutôt, je suis un jeune homme de dix-huit ans qui envisage son avenir avec inquiétude et incertitude.

Nous attendons que la crémation prenne fin.

18

Je range les deux cahiers cartonnés de ma grand-mère dans mon sac à dos. Dans la longue et silencieuse attente de l'incinération, je passe au carnet vert : le journal de mon grand-père Jun Mizukami.

Usé, abîmé, empreint de-ci de-là de taches auréolées, il est le seul témoin de sa sombre période militaire, mis à part son instrument resté endormi dans la famille sans que personne y touche. Sur la couverture, il est écrit à la manière d'un titre : *Journal de ma vie de soldat*. C'est une période au demeurant très courte, mais pour celui qui l'a vécue, j'en suis profondément persuadé, interminablement longue.

Dès le jour de son enrôlement, il a commencé à inscrire ses observations sur le quotidien de sa nouvelle vie, lorsque, la nuit venue, il se trouvait enfin seul avec lui-même dans l'espace exigu de son lit, séparé de ceux de ses voisins par un simple rideau en toile de jute usé. Pendant les quatre-vingt-six mille quatre cents secondes qui remplissent la durée d'un jour, son corps et son esprit tout entiers étaient accaparés par des soucis constamment tournés vers l'extérieur avec lequel se confondait la vie de caserne, sans lui accorder un millimètre d'interstice. Même la nuit, des apparitions inquiétantes venaient habiter ses rêves pour ne jamais lui permettre de jouir d'une tranquillité apaisée. Le seul moment, court, mais intense, où il était enfin seul avec lui-même et face à lui-même, était précisément le quart d'heure qui précédait l'extinction des lumières et où, ayant vite achevé sa toilette, il se hâtait de noter en cachette, à la frêle lueur de sa lampe de poche, quelques faits marquants de la journée. Sans doute trimballait-il son carnet comme son ombre partout où il allait et peut-être un jour de forte pluie, lors d'une longue et épuisante marche en rang, l'avait-il laissé tomber dans une flaque d'eau. D'où les pages salies et tachées. Le carnet vert contient des pages et des pages remplies de lignes rédigées d'une écriture serrée, fort peu raturée, quoique, par endroits, le caractère presque calligraphique des lettres et des traits idéogrammatiques soit troublé, en raison sans doute de la précipitation avec laquelle il devait finir une phrase.

31 AOÛT 1944

Dans une semaine, adieu à l'École, à la musique ; adieu à mon cher alto. Je serai soldat... Les étudiants ont eu jusqu'à présent un traitement préférentiel qui les épargnait. Ainsi ai-je pu me consacrer à ma formation musicale, et même à quelques activités professionnelles, misérablement réduites certes en ces temps de guerre. C'est une chance que j'ai eue... je dois le reconnaître. Mais cela est fini. Ça se passe mal un peu partout, en Chine aussi bien qu'aux Philippines et ailleurs. L'armée manque de soldats. D'où la nécessité de réquisitionner des étudiants. J'ai quitté la

France il y a presque cinq ans. Je ne pensais pas pouvoir bénéficier d'une aussi longue période de sursis. Si j'avais su... J'aurais pu rester là-bas deux ou trois ans de plus au moins... Mais il me fallait apaiser les inquiétudes de mes parents qui m'attendaient dans la tourmente de la guerre ; en plus, la suppression de la ligne Marseille-Yokohama était suspendue au-dessus de ma tête comme l'épée de Damoclès. Et j'ai eu raison en un sens de me décider pour le retour puisque le *Hakone-maru* fut en effet le dernier paquebot. Aurais-je dû rester là-bas ? Si j'avais opté pour la vie avec Anna en France... qu'est-ce que je serais devenu ? Qu'est-ce que mes parents seraient devenus ? Que serais-je aujourd'hui ? Certes, j'aurais eu le bonheur d'être aux côtés d'Anna ; j'aurais pu avoir Agnès avec moi ; j'aurais pu la voir grandir... mais, aurais-je été pleinement heureux comme si ce pays n'existait pas... Ah, qu'est-elle devenue, Anna ? Pense-t-elle à moi, comme je pense à elle ? Et Agnès, comment se porte-t-elle ? Je n'ai qu'une photo de ma fille, prise par Fernand, celle qu'Anna m'a envoyée tout de suite après sa naissance. Elle doit être grande maintenant... Ça fait si longtemps que je n'ai plus de ses nouvelles... Je sais qu'elle a reçu mes quatre premières lettres, mais les autres – je ne me rappelle plus combien je lui en ai envoyé – ne sont certainement jamais parvenues entre les mains d'Anna. Se sont-elles perdues en cours d'acheminement ? Ou ont-elles été détruites par... En tout cas, maintenant que je suis soldat, il me sera désormais impossible de lui écrire et de recevoir de ses nouvelles. Nos deux pays appartiennent aux deux camps opposés...

Après deux mois d'instruction militaire et d'entraînement sur le terrain – la formation a été considérablement raccourcie, étant donné la situation critique exigeant même l'incorporation d'individus « inaptes » –, je partirai en

Mandchourie. Des combats m'attendent. Mais il faut que je survive quoi qu'il arrive...

(...)

6 SEPTEMBRE 1944

Ma première journée de soldat est enfin terminée. Ouf ! La vie militaire est totalement accaparante. On ne me laisse pas une seconde pour penser à autre chose qu'à ce qui se passe dans cette caserne selon l'ordre des choses tel qu'il est envisagé dans l'armée de terre impériale... Alors, je m'efforcerai dans ces pages de ne pas me perdre, de ne pas trop m'écarter de ce que je suis... Je tiens à ce journal secret ; j'y tiens absolument, même si je dois le dissimuler avec la plus grande précaution, le garder enfoui au fond de mon sac ou même coincé dans mon caleçon...

(...)

15 OCTOBRE 1944

Ce que les officiers, les enseignants militaires, ne cessent de répéter en cours, c'est l'objectif de cette guerre « sacrée ». Si nous faisons cette guerre, si nous allons en Chine, c'est pour « corriger la Chine barbare et dévoyée qui n'écoute pas la voix divine de notre Prince suprême ». C'est pour placer le peuple de Chine sous la bienveillante et miséricordieuse protection de la puissance divine de Sa Majesté que nous allons là-bas... Ils sont stricts, mais semblent attentionnés. En tout cas, ce sont de vrais militaires ; ils croient à ce qu'ils disent et à ce qu'ils font... et ils veulent que les conscrits deviennent de bons et loyaux soldats nippons à leur image. On doit apprendre par cœur le texte du Rescrit impérial aux militaires et aux marins, qui appelle à la fidélité absolue de chaque membre de l'armée nipponne à Sa Majesté impériale. L'armée de l'Empire est l'armée personnelle de notre Prince suprême. Ils ont beaucoup insisté sur le fait que tout ordre venant d'un supérieur doit être considéré comme émanant directement de Sa Majesté. Un supérieur n'est pas seulement un supérieur hiérarchique. Il incarne la supériorité absolue de notre Prince impérial. L'ancienneté d'un soldat, par cela même, c'est-à-dire par sa proximité temporelle par rapport à l'empereur, lui confère sa supériorité à l'égard de ceux qui ont été récemment enrôlés.

(...)

24 OCTOBRE 1944

Kimura, un camarade maladroit – il a deux fois renversé la marmite au moment de la distribution du repas – s'est fait durement corriger parce qu'il n'avait pas encore appris par cœur tout le texte du Rescrit impérial aux militaires et aux marins. Il s'agit d'un ensemble d'ordres adressés par notre Prince suprême à tous ses combattants. Ce texte, long (presque 2 700 caractères !) et, il faut bien le dire, rébarbatif, n'est pas facile à mémoriser. Au début, j'ai cru que je n'y arriverais pas. Dans notre groupe, nous sommes quinze. On nous a demandé de réciter à tour de rôle, paragraphe par paragraphe, tout le texte. J'ai été le sixième à continuer à le déclamer là où mon prédécesseur s'était arrêté. Je m'en suis sorti tant bien que mal. Je suis sensible à la musique et au rythme particuliers de ce texte, qui favorisent la mémorisation. Mais le camarade Kimura, qui m'a suivi, n'est manifestement pas très doué : il s'est embrouillé complètement dès le début. Il a eu droit à plusieurs paires de claques sévères, le pauvre... Je lui ai dit au moment du coucher : « Allez, Kimura, oublie ce qui s'est passé. Ça ira mieux demain... », mais je savais moi-même que mes mots étaient prononcés sans véritable conviction...

(...)

7 NOVEMBRE 1944

Aujourd'hui nous avons eu un cours sur les « Instructions pour le champ de bataille » qui sont le complément du Rescrit impérial aux soldats et aux marins. Il s'agit d'une sorte de manuel adressé à l'ensemble des soldats de l'Armée impériale, en date du 8 janvier 1941, par le ministre de la Guerre, Hideki TOJO. Il énumère un grand nombre d'exhortations sur les vertus qui doivent nous animer jusqu'au dernier instant de notre vie vouée à Sa Majesté impériale. À la 8ᵉ instruction de la 2ᵉ partie, on lit : « N'accepte point le déshonneur d'être prisonnier tout en voulant continuer à vivre la vie minable qui ne mérite pas d'être vécue. » Faut-il donc se suicider si l'on est fait prisonnier ? Faut-il donc se donner la mort plutôt que de se rendre ? Quoi qu'il en soit, nous devons apprendre par cœur tout ce texte comme le Rescrit impérial aux soldats et aux marins. Il faut prendre la chose au sérieux : il paraît qu'un officier s'est donné la mort il y a quelques mois après avoir fait une erreur de lecture en récitant ce texte...

(...)

18 NOVEMBRE 1944

Dans trois jours, c'est le départ pour le continent. J'ai dit au revoir à mes camarades. Certains m'ont répondu : « On se retrouve à Yasukuni[1]... quand on rejoindra les âmes héroïques qui ont eu le bonheur suprême de succomber pour la gloire de Sa Majesté impériale. » J'ai été interloqué. Je n'ai rien su dire... Kimura est venu me voir. Il m'a remercié. Avant de me quitter, il s'est demandé d'une voix faible s'il aurait un jour la chance de terminer ses études

1. Yasukuni est un sanctuaire shinto situé en plein centre de Tokyo, construit en 1869 pour rendre hommage aux Japonais morts pour l'empereur.

d'agronomie... Je n'ai pas pu lui répondre. Je lui ai simplement dit : « J'espère qu'on se reverra à Tokyo ou ailleurs quand tout cela sera fini... » Il m'a serré la main avec ses deux mains. Il était ému, je crois.

(...)

21 NOVEMBRE 1944

On part aujourd'hui pour Osaka. De là, un bateau nous conduira vers le continent...

(...)

26 NOVEMBRE 1944

Le bateau est enfin arrivé au port de Dalian hier dans l'après-midi. On a mis un peu moins de trois jours pour faire le trajet. J'étais presque tout le temps malade... La traversée de la mer de Chine orientale fut longue et pénible...

(...)

28 NOVEMBRE 1944

Nous sommes enfin arrivés à Fengtian en Mandchourie. Ouf ! Je suis crevé. Je crois que j'ai de la fièvre. J'espère que les forces me reviendront rapidement. J'essaierai d'écrire régulièrement... en dépit de tout...

(...)

7 DÉCEMBRE 1944

Fièvre, diarrhée, vomissements. Victime d'une épidémie, j'ai passé une semaine au lit au dispensaire. Enfin, je suis sur pied.

(...)

1er JANVIER 1945

C'est le jour de l'An. Repos mérité après trois semaines d'entraînement sans discontinuer ! J'ai écrit à mes parents pour leur présenter mes meilleurs vœux. J'ai écrit aussi à ma petite sœur qui, appelée à travailler à l'usine d'aéronautique de Nakajima, doit aller à Fuchu tous les jours...

(...)

9 JANVIER 1945

La 3e section, dont fait partie notre escouade, a été chargée d'aller surveiller une mine de magnétite à Anshan dépendant d'une grosse aciérie, elle-même rattachée à Mantetsu, la Société des chemins de fer de Mandchourie du Sud. Il s'agit d'une mission de plusieurs semaines. C'est un immense chantier où travaillent plusieurs milliers de Chinois réquisitionnés. L'armée de Sa Majesté vient de fournir, en plus, des centaines de prisonniers pour permettre à la mine d'augmenter significativement sa productivité. C'est ce que m'a appris, avec un sourire féroce et tyrannique, un soldat nettement plus âgé que moi, appartenant à une autre escouade. J'ai vu des vétérans comme lui, c'est-à-dire des soldats de 1re classe ayant une ancienneté de trois ou quatre ans, se comporter comme des propriétaires d'esclaves sans pitié aucune à l'égard des « Chinetoques », selon leur propre expression...

(...)

10 JANVIER 1945

Sous-alimentés, ces prisonniers sont d'une maigreur effroyable. On dirait des squelettes habillés d'une peau défraîchie, rongée, en plus, de plaies suintantes un peu partout... Leur vision est insoutenable. Est-ce qu'on a le droit de traiter ainsi des êtres humains, même s'il s'agit d'ennemis qui osent s'opposer à la noble et vertueuse intention de notre Prince impérial ? Ce sont des hommes comme nous. Ils sont nés sous un autre ciel, dans un autre pays, dans une autre culture, dans une autre langue, sous d'autres mœurs, mais ils respirent comme nous, ils ont des sentiments comme nous, ils pensent comme nous ; comme nous, ils portent en eux tout un monde d'idées, d'émotions, de sensibilités... De cela, je ne peux douter...

(...)

13 JANVIER 1945

On apprend que les habitants d'un village à une vingtaine de kilomètres de la garnison sont de connivence avec la 8e armée de route, les forces militaires dirigées par le Parti communiste chinois. Plusieurs sections étaient déjà en place lorsque nous y sommes arrivés. J'ai vu pour la première fois un colonel diriger une opération militaire, le colonel Yamamoto dont on loue la bravoure exceptionnelle. « Il faut réduire le village en cendres ! Qu'il disparaisse de la terre ! » a-t-il crié d'une voix terrible à faire blêmir n'importe quel hors-la-loi. Une vieille femme à cheveux d'argent, à la démarche chancelante, accourant auprès d'un soldat, attrapant avec ses bras les jambes de celui-ci, l'implorait, en pleurant de toutes les forces de son corps rachitique, de cesser la manœuvre incendiaire. Le soldat, s'agitant furieusement pour se débarrasser de la vieille, lui a asséné un coup de pied. Elle est tombée à la renverse. Au milieu de ce spectacle invraisemblable, j'ai été pris d'une panique folle. Épouvanté, je bougeais de droite à gauche, de gauche à droite comme une bête sauvage qui cherche à s'échapper d'une forêt en flammes... J'entendais des cris de menace qui venaient de loin, mais qui, en réalité, sortaient par imitation de ma propre bouche comme de la gueule noire d'un animal féroce... Je m'en suis rendu compte quand j'ai entendu quelqu'un me dire : « Qu'est-ce qui t'arrive ? » Je suis alors brusquement revenu à moi-même et j'ai eu honte... honte de moi, honte de m'être égaré, honte de me trouver parmi les destructeurs...

14 JANVIER 1945

Journée printanière, alors que le ciel sombre de mon cœur est prêt à s'écrouler. On a continué à explorer le même secteur à la poursuite d'autres lieux suspects. Quand on est arrivés dans le hameau S, non loin du village qu'on a brûlé hier, il était déjà cerné par les soldats de la 4ᵉ section. En formant une haie, nous avons observé la scène. Deux Chinois en loques, un vieil homme squelettique et une femme d'une quarantaine d'années, maigre, mais assez bien conservée, venaient d'être arrêtés. Sur la petite place, il y avait un grand arbre fourni de grosses branches, un arbre qui, j'imagine, projette un ombrage d'une fraîcheur agréable quand il fait une chaleur accablante... Mais cet arbre majestueux n'était pas un lieu de repos, tant s'en faut, pour les deux paysans soumis à l'interrogatoire. Ils étaient suspendus au moyen d'une corde, l'un à côté de l'autre, à deux branches solides à un mètre cinquante du sol environ.

À partir d'ici jusqu'à la fin de ce paragraphe, l'écriture se trouble ; les mots sont de plus en plus mal écrits, les traits mal tracés, les formes idéogrammatiques mal dessinées : le scripteur est trop pressé ou un excès d'émotion l'empêche de former les caractères comme il faut.

Le chef de section voulait leur soutirer des renseignements sur les guérilleros invisibles de la 8ᵉ armée de route. Il voulait y parvenir par tous les moyens. Deux soldats les interrogeaient avec des questions brèves formulées en chinois. Les paysans se muraient dans le silence. Alors, les soldats les frappaient sans pitié de toutes leurs forces avec leur sabre en bambou. Le vieux, serrant les dents, supportait la douleur. Et il a adressé quelques mots à la femme – je suppose qu'il lui demandait de ne rien révéler. Des coups de crosse de fusil se sont alors abattus sur leurs corps déjà cruellement meurtris. Mais rien ne sortait de la bouche des deux villageois. Rien. Strictement rien. Je dois m'arrêter ici, car c'est l'heure du coucher. Je continuerai demain...

(15 janvier) La suite de ce que j'ai noté hier... C'est alors que le chef a dégainé son sabre, son vrai sabre. Il a d'abord blessé à mort le vieux. Un puissant jet de sang a giclé de son cou. La femme a poussé des cris d'horreur et de haine. Elle a lancé aux soldats les plus énergiques jurons et a craché en pleine figure du chef de section. Celui-ci, s'essuyant le visage avec la manche de son uniforme de sous-officier, a fait éclater sa fureur immaîtrisable et, en quelques secondes, il a déchiré ses habits – la tunique en toile de jute, deux chemisiers un peu épais mis l'un sur l'autre, le pantalon. Elle était à moitié nue. « Pas mal », a dit le chef de section en donnant aux seins dénudés de la femme de petits coups de sabre en bambou, tandis qu'elle s'est remise à vociférer des imprécations que personne, sans doute, ne comprenait. Le chef de section a crié en direction de ses soldats : « Regardez, je vous montre comment il faut s'y prendre pour faire taire cette canaille ! » D'un coup, il a enfoncé sa baïonnette dans la partie génitale de la femme. « Oh, non... » Ces deux misérables syllabes me sont sorties de la bouche en même temps que je fermais les yeux. Plusieurs soldats de mon rang et de celui de devant m'ont regardé furtivement. Mort immédiate. Elle n'a même pas

eu le temps de pousser des cris de douleur, de rage, de révolte. Une mare de sang se formait au pied de l'arbre. Je n'aurais jamais cru qu'un homme puisse porter en lui une telle violence, une telle barbarie.

(...)

30 JANVIER 1945

Ce « oh, non... » m'a coûté cher. Assez rapidement, les ridicules syllabes arrachées à ma douleur compassionnelle ont fini par entrer dans l'oreille du chef de la 3e section, le sergent-major Ashibé. Deux jours après le retour à la caserne, le sergent-major est venu nous interroger. Nous étions tous en rang comme cela se fait lorsque les supérieurs nous adressent la parole. « Parmi vous, il y en a au moins un qui a manifesté un signe de désaccord ou même de rébellion lorsque le chef de la 4e section s'est débarrassé des deux complices criminels de la 8e armée de route. C'est qui ? Réponds et avance-toi d'un pas ! » Silence. Que faire ? Après un silence long et pesant, je me suis désigné comme étant celui qui avait poussé ce timide « non » de lamentation... Je suis crevé, je ne peux pas continuer... Je reprendrai demain.

31 JANVIER 1945

Le sergent-major Ashibé m'a demandé ce qui m'avait fait pousser ce petit « oh, non... ». Je lui ai répondu que je ne m'étais pas attendu à des actes tortionnaires d'une telle cruauté de la part de l'honorable armée nipponne s'efforçant, d'après ce que j'avais appris, de répandre chez nos voisins d'Asie les vertueux effets de la bienveillance de Sa Majesté impériale. Le traité de Genève de 1929, ai-je poursuivi, prescrit qu'un traitement humanitaire soit réservé aux prisonniers, quelle que soit leur nationalité. Je crois savoir que ce texte a été publié en 1937 par l'Armée et la Marine impériales. Je pensais donc tout naturellement que les populations civiles d'un pays ennemi bénéficiaient d'un traitement humanitaire digne de ce nom... Ma voix tremblait, mais j'ai pu extirper de la chambre noire de mon crâne les idées brûlantes qui y bouillonnaient depuis la scène insoutenable du hameau. « Tu es rouge, mais d'un rouge écarlate ! » À l'instant où il a prononcé ces mots, sur un ton haineux, le sergent-major Ashibé m'a asséné une paire de claques magistrale. Je suis tombé, il m'a relevé, il m'a donné des coups de poing à la figure et dans le ventre. Je suis tombé de nouveau, il m'a relevé et, pour terminer, il s'est emparé d'un fusil qui était appuyé sur le mur pour me donner un foudroyant coup de crosse. Je me suis évanoui... Mon corps, ayant subi des violences inouïes, n'écoutait plus mon commandement. On a dû me soigner au dispensaire pendant quelques jours.

(...)

5 FÉVRIER 1945

Un soldat m'a adressé la parole aux latrines. « Ça va mieux ? Tu as encore le visage tuméfié... », m'a-t-il dit. J'ai cru comprendre, d'après sa façon de parler, que c'était un soldat vétéran de troisième ou de quatrième année. « Merci, ça va mieux, monsieur le vétéran... — Fais-moi grâce de ce "vétéran"... Qu'on soit conscrit ou vétéran, on n'est qu'une misérable pièce jetable dans le corps des huit cent mille soldats de l'armée du Guandong. Appelle-moi Ninomiya. Je suis soldat de 3e classe... de la 4e section. — D'accord. Ça fait combien de temps que vous êtes... — Deux ans. — Vous êtes toujours soldat de 3e classe après deux ans de service ? — Il y a une raison pour ça... » Sentant l'approche de quelqu'un, il a baissé la voix : « Si tu veux, pour la suite, on peut se retrouver demain soir ici un peu avant le dîner... », a-t-il ajouté avec un léger sourire.

6 FÉVRIER 1945

Je n'ai pas pu parler avec Ninomiya. Il y avait deux autres soldats aux chiottes. Pas évident de choisir un moment pour se retrouver seuls à deux... surtout quand on n'est pas de la même section. Un grand silence règne. Il doit être deux ou trois heures du matin. Je me cache sous la couverture pour écrire avec ma petite lampe de poche que je coince entre mes jambes, histoire d'éclairer le moins possible. C'est pas mal, cette méthode.

(...)

9 FÉVRIER 1945

Enfin, j'ai revu Ninomiya. Il a un frère qui se trouve en taule actuellement. C'est un « criminel de pensée », comme on dit (quelle horrible expression !). Un prof de sciences dans un lycée, participant à un cercle de lectures qui publiait confidentiellement un journal sur la pensée libérale. Le cercle a été démantelé. Les membres actifs, dont son grand frère, ont tous été arrêtés. C'est la raison pour laquelle Ninomiya, diplômé de droit, est étroitement surveillé par les sous-officiers de la section. Il a eu, m'a-t-il dit, plusieurs séances de correction semblables à la mienne. Il avait d'ailleurs sur le front et autour des yeux des plaies à peine cicatrisées. Il s'est excusé de ne pas avoir eu le courage de me défendre, mais il s'est empressé d'ajouter : « Personne ne peut lutter contre l'État militariste et son armée fanatisée. Cette guerre d'agression coloniale est comme un train conduit par un cinglé, personne ne peut l'arrêter... » Ninomiya m'a conseillé de me méfier de deux soldats vétérans qui sont les « rois du lynchage ». « Ils ont subi, comme toi, des violences infondées quand ils étaient eux-mêmes conscrits ; devenus vétérans à leur tour, ils agissent de la même manière à l'égard des soldats nouvellement enrôlés. C'est ça l'armée de l'Empereur.

Les aînés et les supérieurs jouissent d'un pouvoir absolu qu'ils croient recevoir directement de l'Empereur et qu'ils croient pouvoir impunément exercer sur les êtres qu'ils considèrent comme structurellement inférieurs... » Je ne peux pas oublier le sourire nihiliste qu'il m'a lancé en me quittant.

15 FÉVRIER 1945

On nous a fait écrire une lettre d'adieu. On dirait que le jour où nous rejoindrons le front est imminent... Le chef d'escouade Yamada, après avoir indiqué la formule par laquelle il faut commencer la lettre, nous a fait un petit discours : « Nous ne savons pas quand notre régiment sera appelé à partir sur le champ de bataille. Une fois engagé dans la sévère réalité quotidienne des combats, il ne faut plus vouloir revenir vivant dans la vie civile, comme vous le savez tous depuis le premier jour de votre incorporation. Même dans l'imminence de la mort, vous consacrerez toute votre force physique et mentale à la noble cause de notre Empire, en considérant que votre vie est légère comme une plume d'oiseau. Et vous devez croire que la possibilité qui vous est offerte de graver votre nom en tant que soldat éternellement fidèle et héroïque de Sa Majesté impériale est la plus grande joie de guerrier que vous puissiez imaginer. Je vous donne une heure. Écrivez votre lettre d'adieu dans cet esprit-là. Quand vous serez mort, l'armée du Guandong fera le nécessaire pour la faire parvenir à votre destinataire. » Ce qu'il a dit est presque textuellement les mots d'un article des « Instructions pour le champ de bataille ».

(...)

18 FÉVRIER 1945

Stupéfaction ! Nous avons appris la mort du soldat Ninomiya. Il s'est donné la mort en pleine nuit, avec son fusil, dans les lieux d'aisances. On m'a dit qu'il avait été brutalisé et humilié pendant trois jours consécutifs, non seulement par des sous-officiers, mais encore par des vétérans sadiques. Personne ne peut imaginer dans quelle solitude, dans quelle douleur tant physique que morale, il est passé à l'acte ultime. Il a préféré se délivrer du fardeau de sa vie de soldat qui n'a été pour lui qu'un cauchemar. À quoi a-t-il pensé au moment où il allait sombrer dans le néant, où il puisait la dernière goutte d'énergie vitale qui lui restait ? À quelque événement heureux ? Ou a-t-il maudit la cruauté de son sort ? Sitôt que je me suis posé cette question qui restera sans réponse, j'ai subitement entendu descendre dans mon crâne ce début si extraordinairement angoissé de la *8e* de Chostakovitch. Ça fait un moment que ça ne m'était pas arrivé… J'ai pensé à Vladimir, qui, tout enthousiasmé, a eu la gentillesse de m'en envoyer la partition de si loin… Qu'est-il devenu ? Dans l'armée, le suicide est considéré comme l'acte d'une poule mouillée. C'est surtout un déshonneur insupportable pour son supérieur direct. Le chef de la 4e section a déversé toute sa hargne sur ses conscrits. Il les a rassemblés dans la cour. « Le suicidé est une espèce de femelle pourrie, s'est-il écrié. Je vous administre donc un remède préventif ! » Aussitôt dit, aussitôt fait. Il leur a asséné à eux tous un terrible coup de fouet comme s'il s'agissait d'une décharge de mitrailleuse. Après quoi, il les a obligés à faire des pompes pendant vingt minutes… Histoire de leur faire haïr Ninomiya…

(…)

20 FÉVRIER 1945

Suite de l'affaire Ninomiya. Il paraît qu'on a trouvé dans ses affaires le premier tome du *Capital* de Marx (en allemand !) qu'il lisait en cachette, je ne sais pas quand et où… mais le seul endroit probable, ce sont les chiottes, je crois… Le plus extraordinaire, c'est qu'il manquait au volume la moitié des pages… À chaque fois qu'il avait lu une page du *Capital*, il l'arrachait donc… pour la manger certainement. Ça me fait penser à certains étudiants qui, désireux d'apprendre l'anglais, mangeaient les pages de leur dictionnaire pour s'approprier les mots… Ou ça correspondait peut-être à son désir d'effacer la trace de sa lecture dangereuse…

(…)

25 FÉVRIER 1945

Une équipe de dix soldats – dont je fais partie – dirigée par le sergent-major Ashibé a rejoint à Anshan les soldats envoyés par la police militaire de Mukden. Il y a eu une tentative d'émeute à la mine de magnétite. La situation a été vite maîtrisée par les surveillants du chantier, mais il faut « renforcer le contrôle et la surveillance ». Six ouvriers mandchous ont été arrêtés. Et il a été décidé qu'ils seraient décapités pour servir d'avertissement aux autres. L'armée veut semer la terreur chez les Mandchous afin de les enfoncer dans la soumission. Pour cela, rien ne vaut l'exécution des éléments rebelles. Telle est sans doute la pensée du capitaine N qui a ordonné seul, sans aucune procédure, la mise à mort des insurgés. La vie d'un être humain est d'une légèreté insignifiante dans cette guerre… Et, simple soldat, je suis si impuissant, si nul devant ce déchaînement de violence barbare qui détruit jusqu'à la dernière parcelle du sentiment de l'humanité… J'ai la nausée, au sens propre comme au sens figuré… Quand ce monstre arrêtera-t-il sa course furieuse, son hurlement délirant ? Comment survivre à cette folie, à ce cancer généralisé ? L'Allemagne serait en déroute d'après certains bruits. Les Philippines tomberont bientôt entre les mains des Alliés. Iwo-Jima aussi… L'Empire veut-il vraiment nous entraîner aveuglément à la catastrophe ? Je sais que si je parle ainsi en public, je serai traité de *hikokumin*[1] et serai l'objet d'un lynchage impitoyable. Quoi qu'il en soit, les batailles sanglantes se dérouleront bientôt sur le territoire national… Est-ce la fin des fins, comme l'indique l'invraisemblable expression « honorable suicide des cent millions » ? Demain, ce sera l'exécution des six pauvres Chinois…

[ici 20 lignes incompréhensibles]

....

....

....

....

....

....

....

....

....

....

....

....

....

....

....

....

....

....

1. Traître à la nation.

Je ne comprends pas les vingt dernières lignes de la note du 25 février, séparées d'ailleurs d'un blanc, un espace vacant de plusieurs lignes : elles ne sont pas écrites en japonais. Là, manifestement, quelque chose se passe : brusquement, l'écriture japonaise, qui se caractérise par le mélange de *hiraganas*, de *katakanas* et de *kanjis*, les idéogrammes chinois, est abandonnée au profit de l'écriture latine. Ce n'est pas de l'anglais. Cela doit être du français, à moins que mon grand-père n'ait été subitement gagné, pour des raisons qui ne sont pas difficiles à concevoir pour quiconque a suivi son cheminement intérieur à travers ces notes secrètes, par un trouble mental. Une force obscure l'a-t-elle plongé dans la profération d'une langue inventée à laquelle lui seul pouvait avoir accès ? Était-ce l'expression du besoin viscéral d'une vocifération verbale privée de sens ? Peut-être pas. Car mon grand-père a passé dans sa jeunesse plusieurs années en France pour faire des études d'alto au Conservatoire de Paris. Par conséquent, il se pourrait fort bien que ce soit du français.

En tout cas, c'est tout à fait impressionnant : une quinzaine de pages, qui suivent ces vingt lignes totalement incompréhensibles pour moi, sont remplies de lettres latines de cette langue étrange et étrangère. Je feuillette les pages blanches restantes. Après le dernier mot écrit dans la langue inconnue, plus aucune lettre en *hiragana*, ni en *katakana*, plus aucun *kanji* ne revient jusqu'à la fin de ce vieux carnet vert : elles sont vierges, sauf l'avant-dernière sur laquelle une petite enveloppe carrée rose pâle est collée comme si on voulait la protéger des regards indiscrets. Je suis sur le point d'examiner le contenu de cette enveloppe lorsqu'un agent du crématorium vient nous chercher pour le rite de la mise en urne des cendres. Mes parents se lèvent immédiatement. Je fais de même, en rangeant précipitamment le carnet de mon grand-père dans mon sac à dos.

Nous sommes conviés à recueillir, à l'aide d'une longue paire de baguettes en fer et d'une pelle, les ossements et les cendres de ma grand-mère afin de les introduire dans l'urne funéraire. C'est la première fois que j'assiste à ce rituel, d'origine bouddhique certainement. C'est un moment solennel, émouvant, mais pénible aussi. Voir un corps humain réduit à cet état de miettes osseuses, c'est tout de même une expérience bouleversante. Cette étape terminée, nous sommes invités à passer une vingtaine de minutes dans une salle sobrement décorée où règne un silence de plomb. Enfin, on nous appelle : un agent nous remet une boîte cubique contenant l'urne, le tout enveloppé d'un tissu blanc en soie.

La nuit d'automne commence à couvrir le ciel nuageux de ses immenses ailes noires lorsque nous prenons le chemin du retour à la maison. Mon père tient étroitement serrée dans ses bras la boîte cubique emballée dans un grand *furoshiki* mauve, tandis que je marche, en silence, derrière lui, à côté de ma mère, regardant vaguement les feuilles jaunissantes des ginkgos éclairées fantomatiquement par les réverbères.

19

Quelques mois plus tard, en avril 1994, au moment où les cerisiers plantés dans les parcs et sur les avenues de Tokyo offraient aux regards enchantés des promeneurs un spectacle féerique éphémère, je commençai à étudier à l'Université des études européennes de Tokyo.

CINQUIÈME MOUVEMENT

Le premier jour

20

L'homme, d'apparence juvénile, mais en fait d'une trentaine d'années sans doute, assez grand, à la chevelure abondante, se leva ; et se dirigea lentement vers la bibliothèque en bois naturel qui tapissait tout le mur à côté de la porte d'entrée de l'appartement. Il faisait froid au-dehors, mais bon à l'intérieur. La lumière vive du matin se projetait sur le parquet. Il prit sur l'étagère la plus basse un des neuf volumes du Grand Robert. Il voulait vérifier quelque chose, comme cela lui arrivait souvent, dans ce dictionnaire dont il ne se séparait jamais lorsqu'il était plongé dans un travail d'écriture de longue haleine.

C'était un petit deux-pièces composé d'une chambre minuscule et d'un séjour sensiblement plus grand que le jeune homme utilisait plutôt comme bureau. Deux vieux fauteuils bas en cuir étaient installés au milieu de la pièce, avec, entre eux, une petite table rectangulaire en rotin. Il s'asseyait de temps à autre dans l'un des deux, celui qui se trouvait près de sa table de travail, pour se détendre, pour réfléchir en cas de panne d'idées, mais aussi pour recevoir éventuellement. Dans un panier marocain rond de couleurs vives placé sous la petite table était posée une bouteille de Jameson avec deux verres à whisky.

Il revint à son bureau où se dressait son iMac G5 dont l'écran plat affichait une page à moitié remplie d'un document Word. On voyait à côté de l'ordinateur un dictionnaire bilingue de format moyen à couverture jaune, fort usagé, verticalement posé sur la table et dont les pages avaient considérablement bouffé à force d'être tournées et retournées. Tout près du clavier, à droite, était ouvert un bloc-notes en papier recyclé et à gauche était posé un pot de confiture Bonne Maman vide qui servait de porte-crayon. Le jeune homme pianota sur le clavier, mais s'arrêta au bout de quelques secondes. Il s'appuya profondément contre le dossier de son fauteuil en se prenant la tête avec les deux mains. Il ferma les yeux. Puis il se leva et se mit à tourner en rond dans la pièce comme un loup dans sa cage. Au bout de deux ou trois minutes, il s'arrêta devant la minichaîne hi-fi posée sur une étagère du bas de la bibliothèque et alluma la radio. Une musique pour piano seul très lente se fit entendre. Il continuait à faire les cent pas, lorsque la musique se tut tout en douceur pour céder la place à une voix de femme :

« Vous venez d'entendre les *Variations Goldberg* dans la version historique et ô combien irremplaçable de Glenn Gould enregistrée en 1955. France Musique, il est onze heures et une minute... C'est l'heure de "Musique dans l'Histoire", une émission proposée par Anne-Sophie Muller. Bonjour, Anne-Sophie. — Bonjour, Claudia. Aujourd'hui, nous allons parler d'Alban Berg et de son merveilleux concerto pour violon et orchestre "À la mémoire d'un ange"... »

Le jeune homme s'arrêta devant la petite glace accrochée au mur dans le minuscule intervalle entre la bibliothèque et la porte d'entrée. Il se regarda quelques instants dans le miroir, passa les mains dans ses cheveux en broussaille ; puis il regagna son bureau. Il reprit son texte, tandis que la voix veloutée d'Anne-Sophie Muller situait « À la mémoire d'un ange » dans le contexte tourmenté des années trente.

C'est à ce moment-là que l'ordinateur fit entendre une petite sonnerie mécanique annonciatrice de l'arrivée d'un courriel. Il ouvrit la messagerie. C'était son attachée de presse qui lui écrivait :

De : Catherine S.
Date : vendredi 11 janvier 2008
À : Otto Takosch
Objet : Félicitations !

Cher Otto,
J'espère que vous allez bien.
J'ai une excellente nouvelle à vous annoncer : vous venez de remporter le prix littéraire de la Mémoire historique ! Toutes mes félicitations ! Vous trouverez en pièce jointe le communiqué de presse. Je vous donnerai prochainement tous les détails concernant la cérémonie de remise du prix.
Amitiés,
Catherine

Il ouvrit le document PDF attaché. Une photo d'Otto et celle de la couverture de son livre étaient suivies d'un bref texte prononcé par le président du jury, Jérôme Gaillard, lors de la proclamation du prix : « ... c'est un livre magnifique qui nous introduit dans le monde intérieur d'un soldat : celui-ci, aidé par son indéfectible foi en la puissance de l'art, mène un combat solitaire pour rester humain jusque dans les limites extrêmes de l'inhumaine condition imposée par le monde en folie. Mais, lorsque la guerre est terminée, il finit par succomber au trauma inouï dont il a été victime. L'auteur a réussi à dresser le portrait poignant d'un homme épris de liberté, d'art et d'amour. »

Dans l'après-midi, il y eut plusieurs appels téléphoniques. Des amis proches tenaient à féliciter Otto pour son exploit. Certains lui proposèrent de fêter l'événement le soir même dans un restaurant de son choix. Il leur répondit qu'il préférait remettre la festivité amicale à plus tard parce qu'il voulait annoncer cette nouvelle d'abord à son père, vivant maintenant seul après la disparition brutale de sa femme dans un accident de la circulation. Otto resta donc chez lui. Le soir venu, il attendit encore quelques heures en raison du rythme de vie de son père, différent du sien.

Le père d'Otto avait toujours soutenu son fils, surtout financièrement – mais moralement aussi –, dans sa volonté d'avancer sur le chemin qu'il avait choisi au mépris de la voie toute tracée par la société : celle qui mène au salariat dans une grosse entreprise. Depuis un an et demi, Otto arrivait enfin à subvenir à ses besoins, collaborant régulièrement à *Courrier du monde* et à *Livres du mois*. « Tu es maintenant une grande personne ! » – c'est par ces mots qu'un jour le père s'était adressé à lui en le taquinant gentiment. Otto se souvint de ce que son père avait ajouté à l'expression quelque peu tordue de sa joie profonde : « Plus rien ne m'attache à ce monde. Je n'ai plus rien à désirer… » À quoi il avait répondu : « Qu'est-ce que tu racontes, tu n'as que soixante et un ans ! C'est ta deuxième jeunesse qui commence ! »

Il était vingt-deux heures passées. Otto était assis dans son fauteuil habituel face à la bibliothèque. Un verre rempli aux trois quarts de Jameson avec deux glaçons était posé sur la table en rotin. Il revoyait le chemin parcouru depuis le début de ses études universitaires. En attendant que la nuit s'épaissît davantage, il écoutait la musique que diffusait sa minichaîne hi-fi. Il passait d'un CD à un autre sans interruption. C'est ainsi qu'il voyagea d'abord, en compagnie du chevalier à la triste figure, dans la foisonnante musique de Richard Strauss ; il s'absorba ensuite dans les *Suites pour violoncelle seul* de Bach magistralement interprétées par un altiste français. Lorsque la musique de Bach toucha à sa fin, il choisit, après un moment d'hésitation, la *Symphonie concertante* K. 364 de Mozart dont il admirait tout particulièrement le mouvement lent en *ut* mineur. Chaque écoute de ce merveilleux *Andante* fait d'une conversation intime entre deux consciences – pourquoi pas un homme et une femme – représentées par le violon et l'alto le plongeait dans un spleen abyssal. Cette émotion lui faisait presque peur. Il craignait de s'effondrer en l'écoutant. C'est la raison pour laquelle il ne cédait à cette attirance paradoxale que dans des circonstances bien particulières. Et ce soir-là, cette longue attente dans la nuit paisible et profonde constituait une circonstance en effet toute particulière.

En attendant l'heure à laquelle il s'était promis d'appeler son père tout à la fois lointain et proche, il songeait à son livre et surtout à l'homme qui l'habitait d'un bout à l'autre. Il était maintenant prêt à se laisser emporter par la tristesse mozartienne se confondant dans son imagination avec l'affliction sans fond qui avait dû assaillir cet homme au moment où une force invincible le contraignait à se séparer pour toujours de celle qui l'avait sauvé... celle qu'il avait sans doute aimée... pendant les derniers mois de sa vie si brève...

Après Mozart, ce fut le silence. Son verre était vide. Les glaçons avaient fondu. Il s'était endormi. Un rêve vint occuper l'écran de son cinéma intérieur ; des ombres d'homme et de femme allaient et venaient dans un paysage de désolation où s'entassaient des maisons détruites et des forêts brûlées. Il était deux heures du matin lorsqu'il sortit de son cauchemar.

Il se précipita vers le téléphone et appela son père.

21

Une dizaine de jours plus tard, Otto reçut de Catherine S une enveloppe en contenant une autre qui lui était adressée.

C'était une lettre envoyée par une lectrice qui avait pris connaissance de son livre dès sa parution et qui, après avoir craint d'être considérée comme une fan légère ou insouciante, s'était enfin décidée à écrire à son auteur, non pas pour le féliciter du prix littéraire récemment décerné – bien qu'elle le fît en commençant sa missive –, mais pour lui faire part de l'émotion intense et même troublante éprouvée lors de sa « plongée » dans l'œuvre. La lectrice admirative n'en donnait point les détails, disant qu'elle préférait lui en parler de vive voix parce que la commotion provoquée par son livre, « venant de loin », était singulière et qu'elle ne ressemblait à coup sûr à nulle autre ressentie par aucun des nombreux lecteurs qu'il avait conquis à juste titre. Elle lui demandait en substance s'il accepterait de la rencontrer dans un café de sa convenance pour un entretien personnel et totalement désintéressé. Elle ajoutait qu'elle était consciente de la bizarrerie de sa démarche, qu'il était donc normal qu'il s'en méfiât. Elle espérait néanmoins que sa sollicitation serait entendue de bon cœur. En dessous de sa signature, elle avait marqué son adresse e-mail.

Otto resta perplexe à la lecture de ces lignes intrigantes écrites à la main, à l'encre bleu roi, avec un soin qui faisait penser à celui d'une maîtresse d'école.

Il laissa passer un jour et une nuit ; il relut le billet et le trouva dépourvu de toute intention sournoise ou malveillante. Aussi décida-t-il de répondre à cette lectrice en lui envoyant un court message électronique dans lequel il lui proposait de la rencontrer au *Rostand*, à trois pas de l'entrée principale du jardin du Luxembourg. La réponse de la lectrice fut immédiate.

Une semaine plus tard, un samedi après-midi, il allait donc faire sa connaissance au lieu indiqué.

22

Otto s'apprêtait à partir. Il faisait froid. La pluie qui avait commencé à tomber en fin de matinée avait cessé pour faire place à une brève éclaircie, mais vers quatorze heures elle repartit de plus belle. Il renonça à aller au rendez-vous à pied. Il prit le bus 38 et descendit à Luxembourg.

Il n'y avait pas beaucoup de clients au *Rostand*, contrairement à ce qu'il avait craint. Otto remarqua tout de suite une jeune femme seule, aux cheveux ondulés châtain clair mi-longs, assise au fond de la salle éclairée d'une pâle lumière orange. Elle avait entre les mains un livre à couverture bleu marine. De loin, il ne pouvait pas en être totalement sûr, mais c'était probablement le sien. Il s'avança vers elle. Lorsqu'il arriva à sa table, elle leva la tête instinctivement; puis elle regarda le jeune homme droit dans les yeux comme si elle comparait son visage avec l'image qu'elle s'en était faite à partir de ses photos diffusées dans la presse depuis son prix. Trois secondes après, debout, elle lui lança un sourire enchanteur.

— Bonjour. Otto, dit-il d'une petite voix en lui serrant la main.

— Bonjour. Merci d'avoir accepté ma demande quelque peu insolite...

Ils s'installèrent l'un en face de l'autre. L'écrivain jeta son regard une fraction de seconde vers la glace, derrière le dos de la jeune femme, qui occupait tout le mur du fond du café : il voyait la nuque blanche que découvraient les cheveux noués en queue-de-cheval.

— Je vous ai fait attendre un peu ?

— Non, je suis arrivée il y a quelques minutes à peine, répondit la jeune femme en fermant son livre et en le couchant délicatement de façon qu'on pût lire son titre.

— J'ai mal calculé le temps de trajet en bus. Excusez-moi. En général, je marche. Mais avec cette pluie...

— Vous n'habitez pas loin ?

— Dans le quatorzième. Il me faut un peu plus d'une demi-heure à pied... J'espère que ce n'était pas trop compliqué pour vous de venir ici...

— Non... C'est parfait pour moi, j'habite dans le quinzième.

Un silence se fit.

— Vous avez donc lu mon livre...

— Oui, bien sûr. C'est pour ça que je vous ai écrit.

— Vous parlez d'« émotion intense et même troublante » dans votre lettre, si je me souviens bien...

La jeune femme dirigea les yeux vers le garçon, qui était venu se poster derrière son interlocuteur ; celui-ci se retourna et lui adressa un bonjour discret.

— Bonjour.

— Euh... Un thé tout simplement, s'il vous plaît.

— Un café allongé pour moi, ajouta Otto Takosch.

Le garçon hocha la tête en prononçant un petit « très bien » et repartit aussitôt.

— Vous dites que l'homme dont vous brossez le portrait est votre grand-père paternel que vous n'avez pas connu…

— Oui, c'est exact.

— Eh bien, je me demande si votre grand-père n'est pas également le mien… le père de ma mère…

— …

Frappé de stupeur, le jeune homme, écarquillant les yeux, restait immobile et muet.

— Je m'appelle Marie-Mizuné Clément-Melchionni. Ma grand-mère maternelle a rencontré un musicien japonais, un altiste plus exactement, à Paris. C'était à la fin des années trente… Il s'appelait Jun Mizukami. Mais ils ont dû se séparer à cause de la guerre. Jun Mizukami a pris l'un des derniers bateaux, sinon le dernier, de la ligne Marseille-Yokohama pour rentrer dans son pays. Ma grand-mère était enceinte à ce moment-là. Elle a accouché d'une petite fille en 1940. C'est ma mère, Agnès. Entre la France et le Japon, la correspondance s'est entretenue de façon intermittente, mais un jour elle s'est arrêtée pour une raison inconnue. C'était en 1942… Peut-être qu'il avait été appelé à la guerre…

Le garçon revint pour poser sur la table le thé et le café allongé.

— Je termine mon service, vous pouvez régler s'il vous plaît ?

Chacun paya sa part.

— Je sais qu'il a vécu à Paris, fit l'écrivain. Je sais qu'il a rencontré une certaine Anna et qu'il a eu avec elle une petite fille prénommée Agnès qu'il n'a jamais vue... Mais c'est à peu près tout ce que je sais de cette période de sa vie... Quelle est la source de votre information, si je peux me permettre de vous poser cette question un peu indiscrète ?

— C'est le journal intime de ma grand-mère, Anna, justement, que j'ai trouvé récemment... En fait, j'ai mis la main dessus immédiatement après la lecture de votre livre... Il dormait à l'insu de tout le monde dans le grenier de la maison de ma mère. Il était rangé ou... caché dans une boîte à chaussures.

C'est ainsi que Mizuné raconta longuement et en détail comment un soir de novembre de l'année précédente, après son concert inaugural en qualité de premier alto solo de l'Orchestre philharmonique de Paris, elle avait été mise sur le chemin providentiel menant à la découverte émerveillée et bouleversante de *L'oreille voit, l'œil écoute*, comme guidée par la main invisible de quelque divinité bienfaisante et protectrice.

— ... voilà, dit-elle, vous savez maintenant pourquoi j'ai voulu absolument vous rencontrer.

Dès l'instant où Mizuné termina son récit, le jeune écrivain prit la parole sans laisser se creuser le moindre trou de silence. Enthousiasmé par ce qu'il venait d'entendre, il laissa libre cours à sa parole retenue jusque-là à l'instar d'une rivière empêchée de déborder au moyen d'innombrables sacs de sable empilés par temps de pluie diluvienne.

— Vous êtes altiste vous-même ! s'écria-t-il. C'est incroyable ! Vous avez donc assuré lors de ce concert doublement mémorable le rôle de Sancho Pança ! Vous savez, *Don Quichotte* de Strauss, c'est une œuvre que j'aime infiniment ! L'art de la variation est si extraordinaire ! Le chevalier à la triste figure et son écuyer sont si bien incarnés...

— Je suis moi-même charmée par le personnage que j'ai joué..., fit calmement Mizuné.

— En plus, la *Onzième* de Chostakovitch était au programme ! C'est à peine imaginable ! Si j'avais su, je serais absolument allé me faufiler dans la salle ! Finalement, si je comprends bien, c'est grâce à ce monsieur que vous avez rencontré dans le bus... Sans lui, nous ne serions pas là en train de causer...

— J'aurais tôt ou tard fini par vous découvrir parce que j'ai une très bonne librairie près de chez moi, tenue par un extraordinaire dévoreur de livres. Mais c'est vrai que c'est le monsieur du bus qui m'a mise en contact avec le vôtre via *Le Monde des livres*...

Ils se regardèrent longtemps sans proférer une seule parole. Un peu moins d'une heure était passé. Le thé de la jeune femme, à peine entamé, était froid, tandis que le jeune homme, entièrement absorbé dans la conversation, n'avait même pas touché à son café allongé.

Le lauréat du prix littéraire de la Mémoire historique, sortant du silence, murmura du bout des lèvres :

— Si mon grand-père et votre grand-mère *revenaient* parmi nous, ils seraient renversés tous les deux par la tournure qu'a prise, en soixante-dix ans, leur rêve brisé de bâtir une vie commune... Il faudrait les déterrer !

Le ton de sa voix était devenu presque gai à la fin.

— Je peux vous poser une question... monsieur Takosch ?

— Ah ! « Otto Takosch » est un pseudonyme que je me suis inventé. Je m'appelle en fait Otohiko Mizukami. Appelez-moi donc Otohiko, ou tout simplement Oto, O-T-O, comme le font mes amis.

— Ah ! ... Je me demandais pourquoi cette histoire était racontée par quelqu'un qui a un nom à consonance germanique...

— Excusez-moi, j'aurais dû me présenter dès le début...

— Otto, ça vient d'Oto ?

— Oui, j'ai ajouté un « t » pour que ça fasse européen...

— Alors, Takosch ?

— C'est une anagramme partielle de Chostakovitch... tout simplement.

— Ah... Je n'y avais pas pensé !

— Ça, poursuivit Otohiko en désignant l'ouvrage couché sur la table, c'est mon premier livre. En me donnant ce pseudonyme, j'ai souhaité escorter Jun Mizukami qui puisait de l'énergie vitale dans la *Huitième* de Chostakovitch...

— Ah oui, je comprends maintenant. Tout s'éclaire... Je vous appellerai donc Oto. Appelez-moi alors Mizuné. Mon prénom véritable est Marie-Mizuné, mais tout le monde m'appelle Mizuné...

Ils échangèrent un sourire de connivence.

— Excusez-moi, je crois que je vous ai interrompue tout à l'heure à cause de mon nom. Vous vouliez me poser une question...

— Oui, en fait, je voulais vous demander comment vous avez travaillé concrètement pour écrire ce livre, interrogea Mizuné en se ressaisissant du volume à couverture bleue.

Après quelques secondes de silence pendant lesquelles il semblait se demander comment il allait agencer les mots qu'il avait sur le bout de la langue, Otohiko répondit d'une voix de baryton-basse qui frappa Mizuné, pour la première fois depuis le début de l'entretien, par sa qualité de vibration sonore.

— Tout a commencé par le décès de ma grand-mère. C'était en 1993. J'avais dix-huit ans. J'étais un lycéen dont l'avenir avait du mal à se dessiner… Après ses obsèques tenues dans la plus stricte intimité qui n'avaient réuni que les membres de ma famille, c'est-à-dire mes parents et moi, nous sommes allés au centre municipal d'incinération…

Otohiko se remémorait cette journée si particulière qui s'était déroulée dans le recueillement du deuil et le silence profond de la lecture. Ce jour où il avait lu, en attendant que la crémation se terminât, le journal intime de sa grand-mère ainsi que le carnet personnel de son grand-père. Mizuné avait l'impression que l'auteur de *L'oreille voit, l'œil écoute* s'absentait quelques instants du *Rostand*, du lieu réel de leur conversation pour se remettre dans la peau de l'adolescent qu'il avait été alors.

Revenu sur terre, Otohiko poursuivit sa réponse en expliquant que le noyau central de son livre était bel et bien constitué des faits relatés dans les pages personnelles de ses grands-parents et qu'il s'était permis d'en briser, çà et là, la chronologie et la linéarité pour laisser s'envoler son imagination, cherchant à étoffer le portrait du personnage principal, mais aussi dans le but d'insérer, si besoin était, des considérations d'ordre historique ou même passablement philosophiques… Quant à Mizuné, bien qu'attentive aux paroles du jeune écrivain, elle manifestait par moments d'imperceptibles signes d'impatience analogues à ceux d'un intervieweur professionnel désireux de placer une phrase dans le flot de paroles de l'interviewé. Enfin, l'index de sa main droite pointé vers le haut, elle tenta de l'interrompre.

— Oui ?

— Vous aviez dix-huit ans, dites-vous, lorsque vous avez perdu votre grand-mère. Vous étiez donc au Japon à ce moment-là ?

— Bien sûr.

— Et maintenant vous êtes ici en France, mais depuis quand ?

— Depuis bientôt onze ans.

— Alors, dit la jeune femme en fronçant légèrement les sourcils, comment se fait-il que vous ayez eu à votre disposition, simultanément, le japonais et le français, tout en vivant au Japon ?

— Comment ça ?

— Vous êtes né dans une famille japonaise, vous avez vécu au Japon jusqu'à il y a onze ans... n'est-ce pas ?

— Oui.

— Comment se fait-il que vous parliez aussi le français ?

— Je ne le parlais pas ! Le français, c'est une langue que j'ai apprise assez tard ! répondit Oto en esquissant un grand sourire.

— C'est-à-dire ?

— Après le décès de ma grand-mère... Le français... c'était une langue étrangère... et c'est toujours une langue étrangère pour moi ; j'ai commencé à l'apprendre à l'université...

— Ah bon ? C'est pas croyable... On dirait que vous avez toujours parlé français...

— Ah oui ? Mais ce n'est qu'une illusion... Je trompe mon monde !

C'est ainsi qu'Otohiko fut amené à parler de l'étrange rupture de langue qu'il avait découverte dans le vieux carnet de son grand-père, le jour même de l'incinération du corps de sa grand-mère, de toute cette interminable chaîne de lettres de l'alphabet latin faisant une mystérieuse apparition devant le lycéen curieux qu'il avait été à ce moment-là...

— Vers la fin, continua Oto, brusquement, les notes de mon grand-père étaient écrites dans un idiome incompréhensible pour son entourage et, par conséquent, pour moi... Il s'était dissimulé sous le voile protecteur de la langue qu'il avait pratiquée pendant les jours heureux illuminés par la musique et... par l'amour aussi très certainement... J'ai voulu comprendre ce qu'il avait écrit dans cette langue impénétrable. Toutes ces pages, grouillant de lettres de l'alphabet dont certaines étaient biffées ou remplacées, çà et là, par des insertions plus ou moins longues d'autres lettres, semblaient receler des hurlements de souffrance et des contorsions de douleur. C'est l'effet que ça a fait sur moi en tout cas, *visuellement*... Ça a été un choc, un vrai choc. Et c'est ce choc qui est à l'origine de ma décision d'apprendre le français...

Otohiko se revoyait de nouveau dans la salle d'attente du centre municipal d'incinération. Il se rappelait dans quel état d'esprit il avait vécu les mois précédant le concours d'entrée à l'université. Qu'il était impatient de s'absorber dans les profondeurs insondables de la langue nouvelle qui allait le mettre de plain-pied avec son grand-père ! Dès les premiers jours de la rentrée, il s'était mis à étudier, avant même le début de l'enseignement à la fac, la langue étrangère de son grand-père, qui s'élevait devant lui comme une montagne à escalader, à l'aide d'un gros manuel muni de trois CD. Ceux-ci ne satisfaisaient guère son appétit dévorant pour la musique de la langue. Comme il était avide de documents sonores, d'images cinématographiques où les sons français s'offraient à profusion dans la sensualité frémissante des voix d'homme et de femme les plus diverses ! Combien de fois il avait écouté l'enregistrement du *Petit Prince* lu par Gérard Philipe ! Combien de fois il avait prêté une oreille attentive à des pages célèbres de Balzac ou de Flaubert magistralement lues par Michel Bouquet, Michel Piccoli ou Fanny Ardant ! Le français était comme un royaume invisible, habité par des voix à timbres multiples, qu'il découvrait peu à peu, en l'arpentant de long en large, en l'explorant jusque dans les parcelles les plus obscures. Au fil des jours et des semaines, pendant des mois et des années, il n'avait cessé de le parcourir, à l'instar d'un géomètre ou d'un cartographe infatigable, jusqu'au jour où le désir d'entrevoir, au-delà de ces voix d'une étourdissante variété, les lèvres qui les profèrent, les visages qui les portent, les gestes qui les accompagnent était devenu incontournable.

Oto était absorbé dans ses pensées. Mais cela ne l'empêchait pas de regarder, sans se gêner, le visage légèrement maquillé de Mizuné. Quant à celle-ci, elle se savait observée par le jeune homme assis en face d'elle. Elle sentait, cependant, que le regard fixe braqué sur elle voyait quelque chose qui se trouvait bien au-delà de son visage.

23

La nuit était descendue. Oto regarda sa montre.

— Vous êtes occupée ce soir ?

— Non, je n'ai rien de prévu. Aujourd'hui, c'est le jour de ce rendez-vous... important...

— Si nous dînions ensemble... C'est presque l'heure...

— Mais je ne voudrais pas abuser de votre temps...

— Je vous invite dans un restaurant japonais. Ça vous dit ?

— Oui, mais...

— On peut y aller à pied, c'est à Saint-Michel.

— D'accord... Alors, excusez-moi, je m'absente quelques minutes, dit Mizuné en se levant.

Oto téléphona au restaurant en suivant des yeux la jeune femme, munie de son sac à main en bandoulière, qui se dirigeait vers l'escalier conduisant au sous-sol.

Aussitôt revenue, Mizuné, les lèvres brillant d'un rouge clair, s'adressa à Oto sans se rasseoir :

— J'ai quelque chose à vous montrer.

Elle sortit d'un sac en toile beige sur lequel était imprimé LE LIVRE D'OR un paquet enveloppé dans un tissu en soie vert tendre.

— C’est le journal de Nanou, ma grand-mère.

— …

— Elle s’appelait Anna, mais on l’a toujours appelée Nanou à la maison. C’est un simple cahier d’écolier. Je vous le prête.

— … merci.

Oto était privé de parole. Trois longues secondes après, il balbutia enfin :

— Je le lirai avec le plus grand intérêt… à la place de Jun Mizukami.

Mizuné, debout, observait Oto perdu dans ses pensées.

— Nous sommes donc demi-cousins, fit l’écrivain.

— Eh oui…

— Asseyez-vous une minute. On va fixer la date de notre prochain rendez-vous. Je vous le rendrai à ce moment-là. Qu’en pensez-vous ?

Ils se mirent d’accord pour se revoir quinze jours plus tard, à la même heure, au même endroit. Ils se levèrent.

Mizuné se dirigea vers la sortie. Oto la suivit. La pluie avait cessé ; le ciel, bleu-noir, était étoilé. Elle portait un pantalon droit noir et un manteau bordeaux serré à la taille. En la regardant de dos, à deux mètres derrière elle, il fut frappé par sa taille svelte aussi bien que par sa démarche noble qui avait on ne sait quelle élégance aérienne. Un parfum délicat se dégageait sur son passage. Il le huma longuement en silence.

24

Après avoir souhaité bonne nuit à Mizuné, qui prit un taxi sur le boulevard Saint-Michel, Oto monta dans le bus 38 qui arriva sans tarder. Lorsqu'il s'assit au fond du bus à moitié vide et qu'il alluma son téléphone portable, une fenêtre s'ouvrit automatiquement pour signaler la réception d'un nouveau message.

De : Marie-Mizuné C
Date : samedi 26 janvier 2008
À : Oto
Objet : Merci

Cher Oto,
Je t'écris du taxi. Je voulais tout simplement te remercier pour cette rencontre et pour cette belle soirée autour d'un délicieux dîner !
Bonne nuit !
À très bientôt !
Amitiés,
Mizuné

25

La nuit fut courte pour Otohiko. Il était rentré chez lui vers vingt-trois heures. Malgré la fatigue, il ne put résister à la tentation de se plonger dans le journal d'Anna. Mais, vers minuit et demi, il succomba au sommeil. Toute la nuit, cependant, il eut l'impression de somnoler, de dormir à moitié, de ne pas toucher au fond du sommeil qui était pourtant lourd. Mû par de menues agitations et d'infimes tremblements du cœur liés à cette rencontre inattendue, il se sentait projeté dans une vie qui n'était plus tout à fait la même.

Au lever, il se prépara un café. Il s'installa, le cahier d'écolier d'Anna à la main, dans son fauteuil bas, comme quand il avait attendu nuitamment l'heure propice à son appel téléphonique pour informer son père de la bonne nouvelle de son prix littéraire.

En lisant et relisant les lignes tracées par la grand-mère de Mizuné, d'une écriture régulière, digne de l'institutrice qu'elle était devenue, Otohiko prenait connaissance de la vie de Jun Mizukami antérieure à celle consignée dans son vieux et triste carnet vert, celle qu'il connaissait maintenant presque par cœur. La première page évoquait une scène qui s'était passée au bistrot de son oncle où elle était serveuse à temps partiel. Anna notait l'extrême amabilité d'un « jeune musicien japonais » envers un vieillard qui s'était trouvé mal, en détaillant « son comportement si spontané et son attitude si naturelle » ; elle parlait de « tout le plaisir qu'elle avait eu en échangeant quelques mots avec le jeune homme ». Il s'agissait manifestement de la première *vraie* rencontre d'Anna avec Jun Mizukami, alors élève au Conservatoire de Paris. Cette rencontre avait été décisive, se dit Otohiko, puisqu'elle lui avait donné envie d'inaugurer cette sorte de dialogue intérieur avec soi qu'est le journal intime. Elle n'écrivait pas tous les jours, loin de là. Mais, chaque fois qu'elle laissait sa pensée vagabonder sur les menus détails de la journée écoulée, elle n'omettait jamais d'évoquer le jeune altiste. À l'évidence, le monde d'Anna gravitait autour de son ami. On eût dit qu'elle avait rempli ces pages pour parler de Jun, pour ne pas le quitter, pour rester avec lui dans les mots et par les mots. On se rendait compte, au fil des pages, que l'élève du Conservatoire s'était détaché de la masse des clients du bistrot pour devenir un être à part attirant toute son attention de jeune fille.

En lisant le journal d'Anna, Otohiko remarqua que des références musicales apparaissaient çà et là et que certaines d'entre elles, relatives à l'alto, revenaient régulièrement comme si elles marquaient autant de jalons dans sa découverte émerveillée de la musique, comme si, aussi, elles reflétaient la progression des études musicales de son ami tant dans la pratique de la musique de chambre que dans le domaine de la musique symphonique. Ainsi, par exemple, notait-elle, de Mozart, la *Symphonie concertante pour violon, alto et orchestre*, K. 364 ; de Brahms, les deux *Sonates pour alto et piano*, opus 120 ; de Smetana, le *Quatuor à cordes* n° 1, « De ma vie » ; de Richard Strauss, *Don Quichotte, poème symphonique pour violoncelle, alto et grand orchestre*, opus 35...

Un récit détaillé était consacré aux derniers moments qu'elle avait vécus avec son ami à Marseille, d'où celui-ci allait partir en direction de Yokohama. Triste déambulation dans la ville, longue conversation hantée par l'indéfinissable peur de l'avenir, insomnie indomptable, oubli de tout le poids du monde dans les étreintes de la nuit d'amour, tout cela était raconté avec des mots simples qui témoignaient de la sincérité touchante de la jeune femme.

Puis l'attention d'Otohiko ne manqua pas de relever les pages qu'Anna avait réservées au grand exode de mai 1940 : elle racontait, entre autres, une expérience traumatisante, celle d'avoir enterré avec son oncle un homme atrocement tué lors d'un raid aérien des Allemands. Elle fut alors saisie, écrivait-elle, d'une violente et durable nausée ; elle eut peur de perdre l'enfant qu'elle portait en son sein.

Après la réception de la dernière lettre de Jun datée du 23 octobre 1942, on sentait qu'Anna s'enfonçait progressivement dans un lent processus de destruction de sa personne à cause de l'inquiétude sans cesse grandissante, à cause de l'absence de tout signe de vie venant de son ami à la fois lointain et proche. Les pages finales de son journal ne contenaient plus qu'une seule phrase, répétée obsessionnellement une centaine de fois : « Pas de nouvelles de Jun » ou simplement « Pas de nouvelles ».

Le dernier mot en date du 11 mars 1945 était : « RIEN ».

Otohiko passa aux lettres de Jun. Elles étaient toutes antérieures à son enrôlement dans l'armée, ce qui n'était guère étonnant. D'après les livres qu'il avait consultés sur la vie des soldats pendant la guerre du Pacifique, leur courrier était soumis à la censure. Sept lettres en tout, s'étalant sur une période de trois ans (de 1940 à 1942), ce n'était pas beaucoup. Animé de sa fougue juvénile, de son amour empêché, son grand-père avait dû écrire à sa bien-aimée beaucoup plus souvent comme pour braver la distance quasi infinie qui le séparait d'elle. S'il lui avait écrit une lettre par jour, se dit Otohiko en souriant intérieurement, elle aurait eu normalement des nouvelles de son ami tous les jours ! Mais, dans les conditions du courrier international qui étaient celles de l'époque, considérablement fragilisées en outre par le déchaînement de la guerre mondiale, bien des lettres s'étaient sans doute perdues au cours de leur acheminement.

Jun Mizukami rendait compte des menus détails de la vie japonaise retrouvée comme si, sans le savoir, il voulait y préparer sa future. Mais il parlait aussi, surtout dans ses dernières lettres, de la « folie belliciste » qui s'était emparée des gens et qui, par là même, rendait de plus en plus difficile la pratique de la musique occidentale considérée par beaucoup comme contraire à la virilité noble de l'âme japonaise structurée, de bout en bout, par le dévouement à l'empereur. Il se demandait avec angoisse comment il pourrait continuer à trouver sa place dans un pays entièrement dominé par un État tout-puissant imposant à tout un chacun un ordre de valeurs morales auquel il ne lui était absolument pas permis d'échapper. Manifestement, Jun se sentait ligoté et écrasé par l'injonction d'un pouvoir implacable, bafouant sa liberté morale, celle de tout être pensant, sentant, parlant.

Il était presque onze heures. Un gargouillement d'estomac se fit entendre et Otohiko prit conscience qu'il avait sauté son petit déjeuner.

Il arrivait au bout de la lecture des lettres de Jun. Sa septième et dernière lettre, pleine d'attention délicate et de pensées affectueuses à l'égard de son amie et de leur enfant, se terminait par cette phrase qui sonnait certainement à l'oreille d'Anna comme une véritable phrase musicale chargée d'amour et de tendresse jouée par l'instrument de son ami :

« Dans le noir de ma nuit sans étoile, je pose mille baisers lumineux et sonores sur tout ton corps qui s'étend devant moi comme un paysage enchanté. »

C'était la fin.

Otohiko éprouva au fond de sa poitrine une douleur térébrante.

Il se leva de son fauteuil ; il fit trois pas vers la chaîne hi-fi.

Il mit un CD : la *Symphonie concertante* de Mozart interprétée par Arthur Grumiaux et Arrigo Pelliccia, version qu'il affectionnait tout particulièrement. Aussitôt que le violon et l'alto se mirent à dialoguer, il ne put s'empêcher de penser à son grand-père en train de jouer cette œuvre qu'il avait dû travailler à fond, comme tous les altistes amoureux de leur instrument, lorsqu'il était élève au Conservatoire. Avait-il eu l'occasion de la jouer devant son amie comme il le lui avait promis d'après ce qu'il venait de lire dans le journal d'Anna ?

26

Quinze jours passèrent.

Ce samedi-là, dès le matin, Paris était baigné d'une lumière éclatante, rare en hiver. Mizuné travailla d'abord toute la matinée pour le prochain concert de l'orchestre. Puis, vers midi, elle se fit un déjeuner simple : un plat de pâtes aux lardons et aux champignons, accompagné d'une salade de betterave à l'œuf dur.

Otohiko prépara le cours de français qu'il devait donner le lundi matin au Centre culturel franco-japonais.

Le déjeuner terminé, Mizuné s'installa sur le canapé orange de la salle de séjour pour ouvrir le livre d'Oto, dont beaucoup de pages étaient désormais marquées d'un post-it. Il lui restait un peu plus d'une heure avant d'aller au *Rostand*. Elle avait repris la veille l'ouvrage de son demi-cousin; elle en avait relu la moitié; elle voulait finir l'autre moitié avant le rendez-vous. Une brochure jaune se trouvait posée à côté d'elle.

Après le cours de français, ce fut le tour de la traduction d'un article de presse japonaise pour le *Courrier du monde* au sujet de la visite controversée de l'ancien

Premier ministre japonais, Junichiro Koizumi, au sanctuaire Yasukuni[1] à l'occasion de la Grande Fête d'automne de l'année précédente, visite qui avait entraîné, comme toujours, de vives réactions de la part de Pékin et de Séoul. Après quoi, il se restaura rapidement d'un œuf sur le plat, d'une tranche de jambon et de fromage.

Elle se saisit du livre bleu marine ainsi que de la brochure jaune afin de les mettre dans le sac en toile du Livre d'Or. Puis elle partit en fermant doucement la porte de son appartement comme si elle ne voulait pas réveiller un enfant en début de sommeil.

Il quitta le sien à quinze heures quinze pile. Le rendez-vous était à seize heures. Vu le beau temps, il n'hésita pas à faire tout le trajet à pied. Il avait dans son sac à dos le journal d'Anna dûment enveloppé dans le *furoshiki* en soie vert tendre ainsi que les deux cahiers cartonnés d'Ayako et le vieux carnet vert de Jun.

Lorsque Mizuné arriva au *Rostand*, elle trouva Oto là où elle s'était installée quinze jours auparavant. Il s'essuyait le front avec un carré de serviette en éponge.

1. Institution nationale relevant du shintoïsme d'État avant la Seconde Guerre mondiale, le sanctuaire Yasukuni est aujourd'hui un organisme à but religieux indépendant de l'État. Environ deux millions cinq cent mille âmes déifiées y sont rassemblées. Yasukuni, symbole du passé colonialiste du Japon, héberge un musée où l'histoire militaire du Japon est présentée dans une optique ultranationaliste et révisionniste. De plus, depuis 1978, un certain nombre de criminels de guerre de classe A sont ajoutés sur la liste des âmes déifiées en qualité de martyrs de l'ère Showa. C'est la raison pour laquelle la visite des parlementaires et des ministres à ce temple shintoïste provoque de vives réactions de la part des pays voisins, victimes de l'expansionnisme colonial du Japon impérial d'avant-guerre.

— Bonjour. Vous avez... euh, tu as chaud ?

— Oui, comme j'ai marché jusqu'ici... Comment ça va depuis ?

— Ça va. Disons que c'est le petit train-train d'une musicienne d'orchestre...

— C'est la même chose pour moi aussi, je retrouve peu à peu le rythme de vie d'avant, après les invitations que j'ai reçues à la suite du prix...

Le garçon vint pour la commande. Tous les deux demandèrent une orange pressée. Oto sortit de son sac à dos le petit paquet emballé dans le *furoshiki* et le glissa vers Mizuné.

— Merci pour le journal d'Anna et les lettres de grand-père que j'ai lus évidemment avec beaucoup d'émotion. Grâce à la plume de ta grand-mère qui s'attarde souvent sur des détails, on peut savoir comment ils se sont connus, comment elle a évolué et mûri dans son amour pour Jun et comment, finalement, la guerre a détruit non seulement son rêve de voir sa vie confondue avec celle de son ami, mais aussi, plus fondamentalement, sa *personne*, ce qui la constituait en tant que personne humaine... Je ne sais pas si je me fais bien comprendre...

— Tu penses à la mort prématurée de Nanou ?

— Oui. Et on peut en dire autant pour grand-père qui a été acculé au suicide... Elle est morte quand, Anna ?

Les deux oranges pressées arrivèrent. Oto les régla immédiatement comme s'il voulait qu'on les laissât tranquilles jusqu'à leur départ.

— En quarante-six, répondit Mizuné quand le garçon s'en alla. Ma mère n'avait que six ans. Il paraît que c'était un cancer foudroyant...

— Il me semble qu'à partir du moment où ta grand-mère n'a plus reçu de nouvelles de son ami, son équilibre psychique a commencé à se dégrader progressivement pour finir par se rompre… Je crois que c'est perceptible dans ses mots. Ce qui s'est passé chez elle, c'est l'effondrement de la personnalité, comme chez grand-père finalement… À dix mille kilomètres de distance, ils se battaient avec le même démon… À la fin, on voit bien qu'elle était habitée par une terreur monstrueuse… Son dernier mot, « RIEN », tout en majuscules, a été écrit le 11 mars 1945… comme par hasard, au lendemain des bombardements massifs qui ont dévasté de larges parties de la ville de Tokyo… Grand-père venait d'être interné à l'hôpital militaire qui a miraculeusement échappé à l'embrasement de la ville…

Il y eut un moment de silence.

— Au fait…

Au même moment, Mizuné, de son côté, prononça : « Au fait… » Un sourire complice s'esquissa simultanément sur les lèvres de l'un comme de l'autre.

— Excuse-moi, vas-y.

— Non, non, je t'ai coupé la parole, vas-y, je t'en prie.

— Eh bien… je voulais simplement te demander comment tu as été amenée à faire de la musique et, surtout, à choisir l'alto comme instrument de prédilection… Quel est le fil rouge qui te relie à Jun Mizukami ? En fait, c'est une question qui m'habite depuis quinze jours. Je n'ai pas osé l'aborder la dernière fois…

— Je n'ai pas de souvenirs très précis, mais ce qui est sûr, c'est que j'ai commencé à faire du violon d'abord grâce à mon arrière-grand-oncle Fernand.

— Ah oui, celui qui tenait le bistrot parisien près du Conservatoire ?

— C'est ça. Tu sais, nous étions très proches de ce Fernand qu'on appelait *granton* ou *granton* Fernand. Toute petite, je disais *granton*, paraît-il, au lieu de grand-oncle. Et on a fini par adopter cette erreur enfantine, à commencer par lui-même.

— Ça arrive souvent dans les familles...

— Je t'ai dit tout à l'heure que ma mère n'avait que six ans quand elle a perdu sa mère.

— Oui.

— Elle a donc été élevée par Fernand, son oncle. Et quand elle m'a eue en soixante-douze, Fernand était toujours là. C'était un homme affable, très attentionné. *Un vrai gentleman*, d'après ma mère... Comme elle s'est séparée assez rapidement de son compagnon et qu'elle devait travailler – elle était instit comme sa mère –, j'étais souvent avec *granton* Fernand. Et un jour, il m'a donné un tout petit violon pour enfant. J'avais cinq ou six ans, je crois...

— Il aimait la musique ?

— Ah oui ! Je me souviens, chaque fois que j'allais chez lui, il y avait de la musique ! Nous habitions tout près de chez lui, pour qu'il puisse me garder facilement, si nécessaire.

— C'était dans le quartier du Conservatoire... dans le huitième ?

— Non, on habitait alors dans le quinzième, tout près d'ailleurs de là où je suis maintenant. *Granton* avait toujours son bistrot, mais il en avait confié la gestion à un ami proche, si je ne me trompe...

Mizuné but une gorgée de jus d'orange. Oto en fit autant. Ils n'y avaient pas encore touché. Elle tourna la tête vers l'horloge qui indiquait cinq heures et quart.

— Tu es pressée ?

— Non, pas du tout. Au contraire, j'ai tout mon temps. Mais ça passe vite, je n'en reviens pas.

— C'est donc Fernand qui est à l'origine de ton éveil à la musique…

— Oui. D'après ce que j'ai appris de ma mère bien des années après, il avait contacté des professeurs du Conservatoire qu'il connaissait bien, c'étaient ses anciens clients. Il voulait avoir des conseils au sujet de mon éducation musicale.

— Et le choix de l'alto…

— C'est moi qui ai voulu passer à l'alto. Mais *granton* y est pour quelque chose quand même. Parce qu'il écoutait tout le temps des œuvres pour alto… C'était son instrument préféré à n'en pas douter…

— Des morceaux qui sont cités dans le journal d'Anna, par exemple… ?

— Certainement… Mais j'étais trop petite pour le savoir. Il est mort quand j'avais douze ans, à l'âge de quatre-vingt-dix-sept ans… C'est trois ans après son décès que j'ai opté pour l'alto… à la suite de la découverte de la *Sonate Arpeggione* de Schubert jouée par Gérard Caussé.

— Ah oui, je comprends… Qu'est-ce qu'elle est belle, cette musique ! Elle est interprétée habituellement par des violoncellistes, mais elle peut être magnifiquement servie par un alto…

— C'est ce que je crois, s'empressa d'ajouter Mizuné

sur le visage de laquelle s'épanouissait une discrète fleur de sourire.

Et elle ajouta aussitôt :

— Comme d'ailleurs les *Suites pour violoncelle seul* de Bach...

— Oui, tout à fait... Gérard Caussé en a fait une version magnifique ! Tu crois que l'intérêt de Fernand pour l'alto, poursuivit Oto, était lié au fait qu'il avait fait la connaissance de mon grand-père ?

— Il n'y a rien qui le prouve, mais je crois sincèrement que oui. Il avait été marqué par ton grand-père, c'est certain... Par exemple, figure-toi que dès qu'il est parti à la retraite, il a commencé à faire du japonais... Il paraît qu'il a pris des leçons avec une cantatrice japonaise pendant de longues années !

— Ça alors !

— Et mon prénom Mizuné, c'est lui qui l'a suggéré à ma mère.

— C'est vrai ?... C'est un prénom très rare, je dirais même rarissime... En tout cas, c'est la première fois que je rencontre une personne qui porte « eau » et « son » et qui s'appelle donc, d'une certaine manière, *Musique de l'eau* ! Il est vraiment très beau, ton prénom ! Je félicite Fernand !

Oto sortit un stylo à bille de la poche intérieure de sa veste et traça soigneusement les deux idéogrammes au verso de la facture du bistrot à moitié déchirée. Mizuné, la tête penchée, suivait le mouvement des traits qui se posaient l'un après l'autre.

— Et... ton prénom, Otohiko, comment ça s'écrit ? demanda Mizuné en prononçant le *hi* comme un « i ».

Il écrivit tout aussi lentement et méticuleusement les

deux *kanjis* de son prénom comme s'il s'agissait des caractères d'imprimerie. Les deux prénoms en idéogrammes, avec leur lecture en petites lettres alphabétiques, étaient placés l'un à côté de l'autre. Un blanc, au milieu, les séparait pour les distinguer l'un de l'autre :

水音	音彦
Mizuné	Otohiko

Oto regarda Mizuné avec un air de satisfaction et de bonheur.

— Y a-t-il quelque chose qui te frappe ? demanda-t-il.

— On dirait que ces deux caractères sont les mêmes, répondit Mizuné en désignant de l'index les deux idéogrammes du milieu.

— C'est exact. Nous avons en commun le *kanji* qui veut dire « son ». Dans ton cas, ça se prononce « né » ; dans le mien « oto »...

— Ton prénom signifie... ?

— Euh... je dirais... *Prince des sons*, ou *de la musique*...

— Ce n'est pas vrai ! Incroyable !... Tu es donc une sorte d'Orphée, si je comprends bien ! Orphée, c'est le prince de la lyre ! C'est vrai en plus puisque, si on réfléchit bien, tu cherches à faire *revenir* ton grand-père à la vie en un sens...

Oto devint songeur. Puis, quelques secondes après, il murmura, comme s'il se parlait à lui-même :

— C'est vrai... *(il marqua un long silence)* Ce que j'ai essayé de faire, c'est de ressusciter et de raviver la mémoire assassinée de mon grand-père. Mais... j'ose espérer que l'on pense, à travers son histoire personnelle, à tous les *criminels de pensée* torturés ou assassinés, c'est horrible, mais on appelait comme ça à l'époque les gens qui refusaient de se ranger dans l'ordre théocratique de l'État impérial… J'aimerais les faire revenir, eux aussi, du royaume des morts…

— Oui, c'est pour ça que je te dis qu'il y a une dimension orphique dans ton livre… Orphée échoue à faire revivre Eurydice, mais il réussit à perpétuer sa mémoire dans son échec même… et il devient *le* musicien par excellence… Tu es musicien à ta manière !

— C'est gentil de me dire ça… J'étais loin de penser à tout cela… Maintenant que tu me le dis, je suis charmé par la résonance entre mon prénom et l'histoire d'Orphée qui touche Hadès et Perséphone au royaume des morts… Mais je ne crois pas que l'image d'Orphée ait frôlé l'esprit de ma grand-mère… C'est elle qui a voulu que je porte ce prénom…

— Ah bon !

— J'ai un peu honte de ne pas être à la hauteur…, dit Oto en esquissant un sourire un tantinet désenchanté.

— Mais non, mais non…

— Alors, à toi maintenant de parler. Tu voulais me dire quelque chose tout à l'heure.

— Oui… Je ne sais plus…

Mizuné, plongée un moment dans le silence, cherchait le fil perdu de la conversation.

27

— Ah oui... à propos du carnet de ton grand-père, je voulais te demander ce que contenaient exactement les pages écrites en français... Tu m'as dit, la dernière fois, que ton désir d'apprendre le français était né à ce moment-là... mais tu ne m'as pas *dévoilé* ce qui... était caché, si j'ose dire..., fit Mizuné.

— Ah !...

Oto sortit alors de son sac à dos les cahiers de sa grand-mère et le carnet vert de son grand-père.

— Je voulais te montrer ce qui nous reste de mes grands-parents. Tu les regarderas tranquillement chez toi, tu prendras le temps qu'il faut... Mais, ouvre le carnet vert aux dernières pages.

Mizuné s'en saisit et feuilleta rapidement trois ou quatre pages du début, puis, d'un coup, sautant vers la fin du volume, elle l'ouvrit à un endroit où des lettres latines à l'encre bleu nuit fourmillaient : certains mots étaient simplement biffés, d'autres remplacés par des insertions plus ou moins longues, elles-mêmes raturées parfois...

— Tu vois, il y a un blanc, un vide qui sépare la partie

en français des notations en japonais qui la précèdent... En japonais on écrit verticalement, ça se lit donc comme ça...

Oto indiquait avec l'index de sa main droite le sens de lecture des lignes japonaises.

— Après ce blanc, il a donc utilisé la page horizontalement pour écrire en français...

— Ça fait un drôle d'effet... Pourquoi cette rupture brutale ?

— C'est la question que je me suis posée... Et maintenant que je connais toutes ces pages en japonais et en français, je crois comprendre ce qui s'est passé... Tu te souviens, mon livre commence par une scène atroce...

— Bien sûr que oui, elle est tellement dure et insoutenable que c'est difficile de l'oublier... c'est la scène où un officier tyrannique force le personnage principal, donc ton grand-père, à décapiter un prisonnier chinois...

— Le début de mon livre est largement inspiré par la partie française du carnet vert...

Les yeux de Mizuné, fascinés devant les lignes qui se courbaient de-ci de-là comme des corps torturés, ne pouvaient plus se détacher des pages noircies de minuscules lettres latines. Au bout d'une longue minute, cependant, elle dit d'une petite voix en interrompant sa lecture :

— Je continuerai chez moi...

— Tu as vu, au début, il s'adresse à Anna. Il parle de son désir de la retrouver, de revenir au temps de Paris, de redevenir ce qu'il a été avec elle, si différent de ce qu'il est alors dans... Quelle est l'expression exacte qu'il utilise ?

Oto saisit le carnet vert et retrouva immédiatement le passage en question.

— On peut le lire ensemble, si tu veux.

Il commença à réciter, d'une voix retenue mais vibrante, qui faisait se retourner leurs voisins de table, les premiers mots tracés en français par l'auteur du *Journal de ma vie de soldat.*

… Ah, Anna, mon amour, qu'est-ce que je suis devenu dans cette machine infernale, dans le quotidien de cette guerre qui te déshumanise jusqu'à la dernière goutte de sang ? J'ai honte… J'ai honte… Je ne suis plus le Jun Mizukami que tu as connu, je ne suis qu'un soldat robotisé sans nom et sans âme, léger comme une minuscule graine de pissenlit, dans cette armée de huit cent mille hommes interchangeables à l'infini… Je suis tombé si bas, si bas… J'aimerais tant redevenir ce que j'étais à Paris avec toi… Si je désertais… Mais on me retrouverait, on me rattraperait, et je serais tué comme un rat pestiféré. Tu ne viendras jamais ici. Ni Agnès. Jamais. C'est un pays qui fait si peu de cas de la vie humaine, que ce soit celle des Chinois ou celle de ses soldats… au nom du Prince suprême que tout le monde considère ou feint de considérer comme une divinité sur terre… Hier, oui. C'était hier… non, ce n'était pas hier, c'était avant-hier… Ah non, tu te trompes, ça remonte plus loin… Je ne sais plus, je m'embrouille… Quoi qu'il en soit, le sergent-major A m'a forcé… à exécuter un ouvrier chinois… parce que celui-ci avait tenté de s'enfuir… il voulait que je fasse preuve du courage d'un vrai soldat nippon ! Quel drôle de courage ! Exécuter, décapiter un homme comme ça, comme on fend une pastèque à coups de bâton… sans considérer une seconde qu'il s'agit d'un être qui te ressemble… Je lui ai répondu que je ne pouvais pas… Mais le refus d'un ordre venant de son supérieur est une attitude d'insoumission intolérable parce qu'il est considéré comme un acte de désobéissance à l'égard de Sa Majesté impériale... Menacé, j'ai dû prendre le sabre... Mon esprit a commandé à mes bras, mais mes bras se sont révoltés ; ou mes bras ont brandi le sabre, mais mon esprit, au dernier moment, les a freinés... Ce n'est pas clair dans ma tête... On dirait que je suis divisé en deux... Étrange sentiment de ne plus être tout à fait moi... de ne plus être à moi...

— Il lui a coûté cher, ce refus... si je comprends bien...
— Eh oui. Il y a laissé sa peau... finalement... Et plus loin, il revient vers Anna, dit Oto pour continuer sa lecture.

Aide-moi, Anna, aide-moi, s'il te plaît ! J'espère de tout cœur que tu vas bien. Et j'aimerais tant voir Agnès... Je n'ai pas reçu de tes nouvelles depuis si longtemps. Je suis sûr que tu m'écris. Mais je ne reçois plus rien... Les lettres venant de France sont certainement détruites ou brûlées... Et moi, je ne peux pas t'écrire. Il m'est impossible de t'écrire. Toutes les lettres des soldats sont ouvertes et examinées, paraît-il. Comment veux-tu que je puisse t'envoyer des lettres en français ?

Oto termina son orange pressée et but aussi une bonne rasade d'eau qu'il avait demandée entre-temps.
— Il écrit bien ! Tu ne trouves pas ?
— Oui... c'est incroyable, fit Mizuné, le français était quand même une langue étrangère pour lui !
— C'est impressionnant, n'est-ce pas, ce changement de langue ! Je veux dire *visuellement*... L'effet que ça te fait aujourd'hui, c'est exactement celui que ça m'a fait il y a quinze ans...

— Oui, je comprends maintenant...

— En se mettant au français, tout naturellement, Jun s'adresse à Anna, ce qui n'était pas le cas avant, dans les pages précédentes en japonais. Et il lui parle de la honte qu'il éprouve au fond de lui, quand il pense à ce qu'il est devenu en tant que soldat. Dans les pages en japonais, on assiste à plusieurs reprises à des scènes terrifiantes dont il a été témoin... d'une violence insoutenable... En fait, il ne supporte pas l'armée... Il a fini par se détester... Il veut donc se fuir, s'éloigner de lui-même, du pays qui le fait exister tel qu'il se voit sous l'habit d'un soldat de l'empereur... C'est la raison pour laquelle il veut fuir sa propre langue... Fuir sa langue, c'est s'évader de son pays, d'une certaine manière... Il parle d'ailleurs de son envie de déserter... Mais il sait très bien que c'est impossible. C'est pour ça qu'il s'est réfugié dans la langue d'Anna qu'il a la chance de connaître...

— Il me semble que quand il évoque la décapitation du Chinois, il ne s'adresse plus explicitement à Nanou...

— Oui, tu as raison. Je me demande si ce n'est pas l'effet d'une distanciation active qu'il pratique *envers lui-même* sans en être d'ailleurs clairement conscient...

Oto avait prononcé « envers lui-même » avec une insistance toute particulière.

— Le Jun Mizukami s'exprimant en français n'est pas le Jun Mizukami ayant agi en bourreau dans sa propre langue, poursuivit-il. Le français devient un instrument d'observation et d'analyse de son comportement. Je dirais même qu'il devient une arme de combat...

— Tu veux dire que le français lui permettait de se voir comme s'il était une autre personne...

— Oui. Puis, le français lui procurait l'avantage d'être caché… d'être protégé… Tu verras, ce sont les pages le plus violemment contestataires. Ça me rappelle le cas d'un illustre professeur de littérature française, un humaniste qui lisait et traduisait Rabelais et Montaigne et qui, pendant la sombre période de la guerre d'agression coloniale, a tenu un journal intime entièrement rédigé en français… Ce professeur a écrit par exemple : « Il faut que notre pays meure ! et qu'il renaisse. Que le réveil vienne tôt ! Que le matin arrive vite ! »

— Il s'est livré à un exercice périlleux…

— Très périlleux… parce qu'il aurait pu être arrêté, emprisonné, torturé, si on avait découvert cette pratique clandestine suspecte. C'est terrible d'être enfermé dans cet isolement… de vivre sous un régime répressif qui te prive de la liberté de penser… au point de souhaiter la mort de son pays…

— Quelle lucidité !… et quel courage !… Dans le cas de ton grand-père…

— C'est drôle, depuis le début, tu dis « ton grand-père » à propos de Jun Mizukami, et moi « mon grand-père » ; mais en réalité il est *notre* grand-père… Nous sommes demi-cousins !

— Oui, c'est vrai… Il n'y a pas de raison pour que je ne l'appelle pas « mon grand-père »…

— Dans le cas, donc, de *notre* grand-père, reprit Oto en ébauchant un léger sourire, je me demande si le recours au français ne l'a pas davantage enfoncé dans la psychose. Jun, se posant et énonçant dans la langue d'Anna, voyait l'autre, l'autre Jun parlant sa propre langue, s'égarer, déraisonner, devenir quelqu'un d'autre qu'il n'approuvait pas... À la fin, la folie s'est emparée de lui. Et la souffrance et le délire l'ont conduit finalement à la mort sans tarder... En fait, la folie est une forme de résistance, je crois... ou plutôt, comment dirais-je, la forme excessive et extraordinaire que prend l'acte de résistance. C'est le lieu d'inscription de la violence innommable...

28

Oto jeta son regard vers l'extérieur. La nuit couvrait peu à peu d'un voile ténébreux les arbres du Luxembourg.

— On peut dîner ensemble ce soir aussi ? demanda Mizuné d'une voix timide et hésitante.

— Si tu veux. Ce sera un plaisir pour moi ! Oui, un grand plaisir ! Au même resto ?

— Oui, c'était très bien la dernière fois.

— On peut y aller tout de suite, si ça te va. Il est assez tôt, il y aura sûrement de la place.

— Mais, avant, j'aimerais te donner ça.

Mizuné sortit de son sac en toile la brochure jaune.

— Qu'est-ce que c'est ?

— C'est le programme des concerts de la saison. Je voudrais t'inviter à un concert du mois de juin... Ce sera le dernier de l'année et on donnera la *Huitième* de Chostakovitch...

— Ce n'est pas vrai !

— Je me suis dit que ça t'intéresserait...

— Comment donc ! J'y serai absolument. Je retiens la date dès à présent ! C'est quand ?

— Le vendredi 20 juin.

— Ça alors ! s'exclama Oto en inscrivant la date dans son agenda. Tu ne peux pas t'imaginer combien ça me touche ! T'entendre jouer la *Huitième* ! Ça me paraît irréel ! Mais rien de plus naturel, si on réfléchit bien. Tu es altiste à l'Orchestre philharmonique de Paris… Donner la *Huitième symphonie* de Chostakovitch devait arriver un jour ou l'autre… Elle sera dirigée par qui ?

— Un jeune chef letton qui s'appelle Andris Lensons. Et, en première partie, on donnera la *Symphonie concertante* de Mozart… Et l'alto solo, ce sera moi…

— Oh non !… Tu me fais marcher !

— Non, pas du tout ! Pourquoi voudrais-je te faire marcher ? Regarde le programme !

— Incroyable ! Je rêve ou quoi ? C'est doublement incroyable ! La *Huitième* et la *Symphonie concertante* ! Anna connaissait ce morceau de Mozart… Peut-être que Jun l'a joué devant elle en privé…

— Eh oui, je ne pourrai pas ne pas penser à elle !

— Et puis, j'aime tellement cette musique… cette merveilleuse conversation entre les deux instruments ! Le violoniste, c'est qui ?

— Le premier violon solo de l'orchestre. Il est excellent !

— J'ai hâte de t'entendre jouer ! Ton alto est un instrument de maître ou un instrument moderne ?

— Je joue un Gasparo da Salò de 1565. Je ne sais pas si tu as entendu parler de ce luthier…

— Gérard Caussé aussi joue un Gasparo da Salò, si ma mémoire est bonne.

— Oui, tout à fait. Dis donc, tu es très au courant !… En fait, je connais bien Gérard, il a été mon professeur…

C'est une fondation suisse qui me le prête depuis deux ans. J'ai beaucoup de chance. Gasparo n'est pas aussi connu que Stradivarius, mais il est absolument fabuleux ! J'ai l'impression d'avoir beaucoup progressé depuis que je l'ai...

— Quel plaisir en perspective !

— Ma mère sera là, au concert. Elle sera ravie de faire ta connaissance !... On y va ? dit Mizuné gaiement, en reprenant le cahier de sa grand-mère enveloppé dans le *furoshiki* vert tendre afin de le remettre dans le sac en toile du Livre d'Or.

Il y eut un moment de silence.

— Excuse-moi, je voudrais te montrer quelque chose avant d'aller dîner, s'empressa de dire Oto d'un ton affectueux en mettant sa main droite sur celles de Mizuné qui étaient sur le point de ranger le petit paquet vert.

Il défit le nœud du balluchon et se saisit du cahier d'Anna. Il en ouvrit la dernière page, vierge, mais jaunie, et sortit l'enveloppe blanche de la petite pochette marron collée dessus.

— Tu l'as déjà vue, n'est-ce pas ? dit Oto en retirant de l'enveloppe jaunie une photo déchirée.

— Oui. C'est la photo d'un jeune homme asiatique qui est probablement Jun Mizukami... Nanou l'a précieusement conservée en souvenir de son ami, son futur...

Oto la mit devant Mizuné de façon à ce qu'elle puisse la regarder en face. Il attrapa alors le carnet vert de Jun Mizukami posé sur les cahiers cartonnés de sa femme Ayako. Il alla directement à l'avant-dernière page et montra à sa demi-cousine l'enveloppe carrée rose pâle fixée sur la page vierge. Mizuné, suivant des yeux le geste précis d'Oto, retenait sa respiration. Enfin, Oto enfonça dans l'enveloppe défraîchie l'index et le majeur de sa main droite pour pincer une autre photo déchirée.

— Voilà. C'est une photo d'Anna. À l'origine, les deux photos n'en formaient qu'une. Tu vois, on peut les mettre l'une à côté de l'autre. Les coupes irrégulières des deux morceaux correspondent exactement. Regarde, il y a même la date…

Oto retourna les deux moitiés en même temps. Dix idéogrammes étaient écrits perpendiculairement par rapport à la ligne de la coupe.

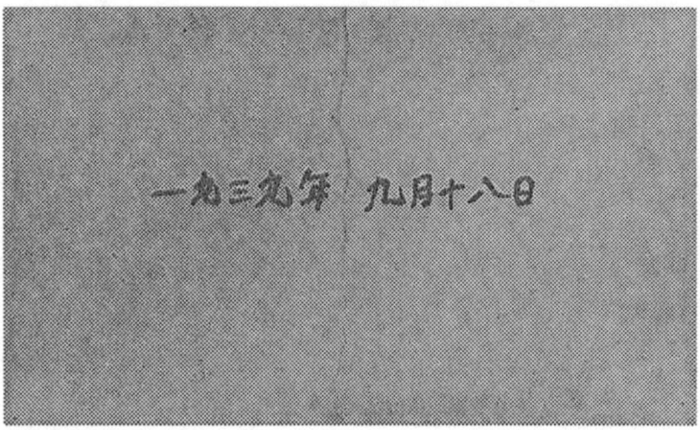

— Il a marqué la date, je ne sais pas pourquoi, en idéogrammes… Ça veut dire : 18 septembre 1939. L'année a été séparée du jour et du mois par des doigts qui ont scindé la photo.

Oto sortit de son sac à dos un ruban adhésif et en découpa un petit morceau pour l'appliquer sur la ligne quelque peu zigzagante de la déchirure. Puis, il se saisit de la photo recollée pour la voir de plus près, en se mettant à côté de Mizuné.

— On dirait qu'elle a été prise dans un café ou un restaurant, murmura la musicienne. Ça, derrière eux, c'est le comptoir, tu vois ? C'est peut-être Fernand qui les a photographiés dans son bistrot... Ah oui, c'est sûrement ça.

— Tu as certainement raison... Je n'y avais pas pensé ! s'exclama Oto. Peu avant le départ de Jun, Fernand a eu l'idée d'immortaliser leur rencontre... Qu'est-ce qu'ils sont jeunes et magnifiques !

— Et ça, juste à côté de ses pieds, remarqua Mizuné, ça doit être son alto... On voit un bout de l'étui couché par terre...

— Ils se retrouvent enfin... aujourd'hui..., soupira Oto. Peut-être que Jun... ou Anna... a eu subitement l'idée de déchirer la photo pour que chacun garde avec soi l'image de l'autre... oui, la déchirer comme ça parce qu'ils n'avaient ni couteau ni ciseaux à portée de main... En tout cas, ils ont fait ça en se promettant de se retrouver un jour, en caressant l'espoir de restituer l'image d'ensemble au moment voulu...

— Oui, tu as raison, ils se retrouvent *enfin* aujourd'hui, répondit Mizuné d'un air grave et pensif.

— Après une longue absence de soixante-neuf ans...

— Oui, après une *trop* longue absence de soixante-neuf ans...

Oto sombra dans une rêverie éveillée, le regard dirigé vers le plafond où, l'espace d'un instant, il crut voir osciller quelques ombres évanescentes.

29

Vêtue d'une robe vert clair mi-longue, elle était assise face à son ami comme si elle était elle-même cliente du bistrot. Ils avaient le regard baissé à l'instar des deux joueurs de cartes de Cézanne sauf qu'ils ne tenaient rien dans leurs mains. Intrigué par l'étrange silence qui se creusait depuis un moment entre les deux jeunes gens, Fernand les observait, sans en donner l'impression, depuis le comptoir où il servait d'un air absent deux ou trois habitués. Brusquement, la jeune fille se leva en se cachant le visage avec les deux mains pour se précipiter vers les toilettes. Fernand, pris d'inquiétude, hésita. Devait-il aller voir sa nièce en pleurs ? Ou interroger son ami ? Il se dirigea finalement vers celui-ci.

— Qu'est-ce qui se passe, Jun ?

— …

Fernand comprit que Jun faisait l'impossible pour lutter contre une avalanche d'émotions qui le secouait de fond en comble.

— Je suis obligé de rentrer à Tokyo… C'est ce que je viens de lui dire…

— Ah oui ? Tu… Tu… Tu abandonnes tes études ? C'est la guerre ?…

— Oui, c'est la guerre…, murmura Jun. Je n'ai pas le choix. Bientôt il n'y aura plus de bateau… Mes parents se font du mauvais sang, ils m'attendent… Là-bas, la guerre bat son plein… On parle de guerre totale, de mobilisation de toute la nation… Je suis triste, Fernand… triste de la quitter, triste de la rendre triste…

Anna sortit des toilettes, les cheveux quelque peu ébouriffés, les yeux gonflés de larmes qui n'arrêtaient pas de couler et qu'elle essuyait sans cesse avec le dos de ses mains. Fernand, embarrassé, ne put faire autrement que de prendre sa nièce dans ses bras et de lui chuchoter quelques mots de consolation d'une banalité impuissante :

— Vous arriverez à vous retrouver… C'est sûr et certain… Il faudra attendre un peu puisque c'est la guerre… Mais elle ne peut pas durer éternellement, tu le sais bien !

Fernand, tout en glissant ces mots dans le creux de l'oreille de sa nièce, regardait Jun toujours assis à sa place, immobile. Il était deux heures et demie passées. Jun s'attardait. Cette petite scène, qui ébranlait silencieusement le cœur des trois protagonistes, ne troublait cependant aucunement le mélange brumeux des conversations des clients qui semblaient prendre tout leur temps. Fernand, tout à coup, éleva la voix :

— J'ai une idée, on va prendre une photo. C'est l'occasion ou jamais de vous prendre en photo. D'accord, bibiche ? Je vais chercher mon appareil.

Quelques secondes plus tard, Fernand revenait de l'arrière-salle, un appareil photo pendu à son cou. Anna était debout, la main droite posée sur l'épaule de son ami qui la dévisageait, accablé et désemparé…

— Allez, debout, Jun. Je vais vous photographier tous les deux. Mettez-vous là, dit Fernand en désignant un coin tout près du comptoir. Allez… Aujourd'hui, c'est le jour de votre mariage sans curé, sans cérémonie, sans formalités, sans rien du tout. Vous êtes là, vous êtes rayonnants de jeunesse et de bonheur ; et je suis là comme témoin. Ça suffit, non ?

Alertées par la voix ragaillardie de Fernand qui prononçait le mot de *mariage*, quelques têtes se retournèrent. Anna s'adossait contre le comptoir. Quant à Jun, il venait de poser délicatement l'étui de son alto sur le sol, à sa gauche. Il prit discrètement la main d'Anna qu'il trouva gracile et fragile, tandis que la jeune serveuse sentait dans celle de son ami une chaleur rassurante, une douceur enveloppante.

— Allez, on y va ? Souriez un peu, quand même ! Allez, faites un effort !

Fernand regardait d'en haut le viseur de son appareil à deux objectifs, tandis qu'Anna rajustait ses cheveux des deux mains, d'un air timide et gêné. Jun tourna la tête vers son amie. Les yeux en amande d'Anna, bordés de longs cils courbés, étaient encore mouillés. À son tour, elle dirigea son regard vers son bien-aimé et lui lança un sourire étincelant.

— Ne bougez plus…

Toute la salle retint son souffle.

— Ça y est, c'est fait ! Vous êtes magnifiques ! déclara Fernand en forçant délibérément le ton triomphal.

Des applaudissements de félicitation s'élevèrent alors,

à la plus grande surprise des « mariés » et de leur photographe. Fernand se retourna aussitôt et remercia de bon cœur ses clients tout aussi joyeux les uns que les autres. Et, pour la première fois ce jour-là, se lisait un air de sérénité et de satisfaction sur les lèvres du couple uni et béni par un ersatz de prêtre sous les voûtes sombres d'un obscur bistrot parisien.

Fernand prit Jun dans ses bras et lui dit d'une voix émue :

— Je ne t'oublierai pas, Jun… je ne t'oublierai pas.

30

— Maintenant on peut aller dîner, si tu veux, s'écria Oto.

— Oui, répondit gaiement Mizuné dont le visage s'épanouissait comme une grande fleur d'hibiscus.

Elle réintroduisit alors précautionneusement les deux moitiés de la photo collées l'une à l'autre dans l'enveloppe blanche jaunie. Dans le même mouvement, celle-ci passa de la main de Mizuné à celle d'Oto qui la remit dans la pochette marron du vieux cahier d'Anna.

Enfin, Mizuné rangea toutes les affaires de ses grands-parents dans le sac du Livre d'Or.

— Ils sont *revenus*, ils sont là tous les deux... grâce à toi, Oto..., dit Mizuné d'une voix douce.

Les deux jeunes personnes fixées sur la vieille photo en noir et blanc, venant de deux horizons vertigineusement éloignés, animées cependant par leur folle envie de s'étreindre, de respirer le même air, de partager les choses de la vie, unies dans leur tendresse mutuelle et dans leur espoir d'un avenir meilleur, avaient été impitoyablement séparées un jour de septembre 1939 dans le port ensoleillé de Marseille, fouetté de temps à autre par une brise de mer. La photo déchirée était la preuve irréfragable et immarcescible de cette séparation douloureuse qu'avait imposée l'Histoire, cette dévoreuse sans pitié de destins individuels. Ni lui ni elle ne purent y résister longtemps. Devenus *âmes errantes*, ils s'étaient faufilés dans leurs mots respectifs qui témoignaient de l'authenticité à fleur de peau de la souffrance intérieure qu'ils enduraient. Et ce jour-là, soixante-neuf ans après leur dernier baiser au port de Marseille, dans un coin écarté d'un bistrot parisien en plein cœur du Quartier latin, ils se retrouvaient enfin par la médiation, au-delà de toute attente, de Mizuné et Otohiko plongés tous deux dans le souvenir de leur fugace, mais intense, présence au monde dans la France des années 1938-1940. Anna et Jun étaient là, morts mais vivants, rappelés pour ainsi dire par *la musique de l'eau* chantée par *le prince des sons*.

31

La rencontre au *Rostand* devint dès lors une habitude hebdomadaire.

Et enfin, le jour du concert arriva.

32

L'entracte se terminait. Oto venait de dire à Agnès : « À tout à l'heure. » La coupe de champagne aidant, il était encore sous l'effet de la merveilleuse sonorité que Mizuné avait tirée de son Gasparo da Salò. L'insondable mélancolie du deuxième mouvement du K. 364 l'avait conduit à penser plus intensément qu'à l'ordinaire au compositeur autrichien du XVIIIe siècle qui manifestait là, de façon éclatante, sa puissance d'empathie à l'égard des douleurs du monde. Mais il fallait se préparer à l'opus 65 de Chostakovitch. Il regagna sa place au cinquième rang du parterre, légèrement à gauche par rapport au podium du chef d'orchestre. De là il voyait très bien les altistes – et surtout le premier alto solo – placés à droite du chef et en face du pupitre des premiers violons. Les lumières de la grande salle du Théâtre des Champs-Élysées baissèrent ; le brouhaha se tut subitement.

Quelques dizaines de secondes après, Andris Lensons, un jeune chef d'orchestre montant comme une comète au firmament musical, grand, svelte, d'une démarche un peu dégingandée, habillé simplement d'une veste noire à la chinoise, et non de la queue-de-pie des maestros d'autrefois, fit son apparition et s'avança vers le milieu de la scène, tout en demandant, par un geste ample, aux musiciens de l'orchestre de se lever afin de saluer le public qui les applaudissait chaleureusement.

Une fois que les musiciens se furent rassis, le silence revint. Le chef d'orchestre baissa légèrement la tête en avant, la main gauche prenant sans doute le poignet de la main droite qui, elle, tenait une longue baguette blanche. On eût dit qu'il s'accordait un ultime moment de concentration avant de faire vibrer les premières notes de la grandiose œuvre de soixante-dix minutes.

D'un coup, il leva les bras qu'il garda en l'air pendant cinq ou six secondes dans une immobilité tendue. Lorsqu'il les descendit dans un geste énergique, les violoncelles et les contrebasses entamèrent le premier thème puissant et tragique en *ut* mineur. C'était le début de l'immense premier mouvement, le plus long des cinq constituant la symphonie. Pour Oto, qui savait qu'elle avait été composée en deux mois seulement, en 1943, dans une fureur créatrice sans égale, elle ne pouvait être autre chose qu'une vaste fresque de la guerre – la guerre comme théâtre de violences extrêmes aussi bien que comme origine traumatique des douleurs dévastatrices éprouvées par les soldats. Si le premier thème joué *fortissimo* par les instruments à cordes les plus graves était comme la métaphore de la menace de mort engendrée par des destructions massives, le deuxième introduit *pianissimo* par les premiers violons sonnait comme l'expression rentrée d'une lamentation déchirante. Ceux-ci s'engagèrent alors dans une lente montée vers les notes aiguës, voire très aiguës, tandis que les altos, demeurant à une hauteur intermédiaire, semblaient irriguer le sang de la musique dans tout le corps de l'orchestre. Puis, les cordes se taisant, entrèrent en scène les vents, les bassons, entre autres, qui, à côté des clarinettes émettant des accords d'une inquiétante dissonance, suggéraient la sourde angoisse prête à ressurgir à tout moment, en reprenant le motif dessiné par les violons quelques mesures auparavant. Peu après, précédé de notes cristallines lancées par les flûtes, semblables à des perles d'eau posées sur de larges feuilles d'ortie un matin de pluie printanière, apparut un troisième motif d'une ineffable suavité, assuré par les premiers violons dessinant leur courbe mélodique sur des sortes de vagues oscillantes soutenues par les autres cordes variant en intensité d'un instant à l'autre. C'est à ce moment-là que les oreilles d'Oto furent frappées par l'entrée glissante du cor anglais dont la sonorité aussi noble que fragile semblait souligner la solitude d'un soldat écrasé par l'attente torturante d'un combat sans merci. Mais la voix du soldat s'éclipsa sans tarder, engloutie dans les cris de douleur poussés à l'envi par tous les violons jouant *fortissimo*. À partir de là, la musique s'intensifia, s'amplifia, s'embrasa même avec la participation de plus en plus nombreuse d'instruments y compris les percussions – les timbales, la caisse claire, la grosse caisse, le xylophone –, comme si tout l'orchestre explosait, comme si la musique était devenue un gigantesque champ de bataille avec toutes sortes de bruits réels et imaginaires : bruits d'armes à feu, bruits d'artillerie, bruits d'avions de combat, bruits de soldats qui vont de l'avant et s'entretuent et, enfin et surtout, bruits assourdissants provenant des cauchemars de tous les combattants survivants. Dès l'instant où la musique eut atteint l'acmé des tensions rythmique et émotionnelle avec notamment les trompettes, au nombre de trois, assurant une série descendante de trois lignes mélodiques montantes constituées chacune de trois notes éclatantes, le calme tomba brusquement comme si toute la tension se relâchait d'un seul coup, un calme pourtant rempli d'inquiétude, un calme bruissant des frissonnements de tout le corps d'un soldat égaré... C'était le trémolo des cordes qui exprimait cette fosse béante en plein milieu de la bacchanale sonore. Il était d'abord *fortississimo*, mais, à peine une seconde après, il passa soudainement au *pianissimo* comme pour faire apparaître un spectacle de désolation complète. Et c'est dans ce paysage sonore ravagé que le cor anglais fit une intervention tout à fait impressionnante par sa durée et son caractère solo : on entendait, dans le tremblement du temps qui semblait s'étirer à l'infini, un chant sanglotant traduisant l'état de déréliction désespérante du soldat. Pendant tout le temps où cet instrument à vent attirait à lui seul l'attention des auditeurs, le chef d'orchestre ne gesticulait plus : il avait, la tête baissée, les deux mains imbriquées l'une dans l'autre comme s'il récitait intérieurement une prière; sa baguette blanche, se mouvant à peine au bout de ses doigts, étincelait tel un stylet brillant au soleil ou un rai de lumière dans le noir total d'un couloir éteint. Après ce long passage bâti sur un trémolo d'une extrême atténuation, où l'on croyait assister, à travers la mélodie plaintive et intranquille du cor anglais, à l'errance sans fin d'une âme perdue, revint le troisième motif du début qu'on avait trouvé plutôt apaisant, mais qui, repris par les violoncelles et les contrebasses, sonnait à présent, sur un balancement de vagues murmurantes façonnées cette fois par les violons et les altos, comme un chant funèbre qu'on ose à peine fredonner devant les corps mutilés des soldats morts. Oto fut alors frappé par une saisissante montée des violons suivie d'une intervention angoissante des altos ; là, il ne put s'empêcher d'observer Mizuné qui jouait en fronçant les sourcils comme si elle éprouvait réellement de la douleur. Puis ce fut le retour douloureux des cordes graves s'enfonçant *pianissimo* dans les profondeurs ténébreuses d'où jaillit à la fin, telle l'annonce macabre d'un arrêt de mort, le dernier éclat sombre d'une trompette.

Lorsque la résonance des dernières notes du premier mouvement s'évanouit dans le silence de la grande salle, Oto entendit descendre de la voûte du théâtre le bruissement sourd de mille neuf cents spectateurs reprenant leur souffle. Pendant ce temps-là, Andris Lensons sortit de la poche gauche de son pantalon noir un mouchoir, s'épongea le front. Puis, sans tarder, il se remit en position.

D'un coup, une marche imposante démarra. Un changement d'atmosphère remarquable. Fondée pratiquement d'un bout à l'autre sur une mesure à pulsation binaire, la musique du deuxième mouvement se déploya comme pour évoquer tout un régiment composé de plusieurs bataillons. Des milliers et des milliers de combattants qu'Oto croyait voir avancer devant ses yeux paraissaient dotés d'une puissance de destruction inimaginable : ils écrasaient et éliminaient tout ce qui se trouvait sur leur chemin. Ils combattaient les ennemis ; ils les abattaient, les mutilaient, les capturaient, les torturaient. Et à la fin, on entendit, sur un fond de hurlements terribles des bois, semblables à des cris d'oiseaux agonisants, trois grands coups de timbales, mortels, *fortissimo*. À ce moment-là, Oto ne put s'empêcher de penser à ce qu'il avait lu dans le carnet vert de son grand-père. L'expression « trois coups » (« trois grands coups sinistres », « trois coups terrifiants », etc.) ne revenait-elle pas obsessionnellement sous sa plume ? Il était maintenant intimement persuadé que les trois coups que Jun Mizukami entendait sous son crâne dans un état de folie hallucinatoire, au moment où le militaire sanguinaire l'obligeait à rejeter par terre toute son humanité, étaient bien ces trois coups finals du deuxième mouvement de la *Huitième symphonie* de Chostakovitch. La force évocatrice de la musique était telle que Jun Mizukami se croyait transporté dans cette musique ; sans doute y *voyait*-il réellement trois têtes tranchées qui tombent...

On remarquait, au seuil du troisième mouvement, qu'une extrême tension habitait le corps d'Andris Lensons dressé sur ses deux jambes légèrement écartées : ses cheveux, près de sa nuque, étaient mouillés comme s'ils avaient été trempés par une averse soudaine. Mais, pris dans le torrent de la musique, il ne voulut accorder aux musiciens et au public qu'une pause minimale de quelques secondes. Ainsi, dès que les bras du chef suspendus en l'air descendirent vigoureusement, se fit entendre une longue série de sons martelés d'une pulsation toujours binaire, émanant du pupitre des altos. Les yeux d'Oto étaient fixés non seulement sur le bras droit de Mizuné qui manœuvrait fougueusement son archet, mais aussi sur son corps qui se penchait naturellement lorsque son instrument produisait des sons graves. Bientôt les altos cédèrent leur place aux violons qui, maintenant le principe des notes martelées, subissant régulièrement l'intrusion des violoncelles et des contrebasses comme des coups de poing reçus en plein ventre, suscitaient l'intervention des clarinettes et d'autres instruments à vent émettant, quant à eux, comme des cris stridents proférés par des bouches tordues de douleur. Bref, une fois de plus, les violences de la guerre déferlaient dans la salle implacablement. La musique fonçait à une allure folle ; le martèlement obsessionnel finit par envahir tout l'orchestre et aboutit à un déluge de sons sauvages comme des cris de désespoir émanant d'une gueule ouverte figurée par les cordes, les cuivres et les bois, un déluge sur lequel se découpaient clairement d'innombrables et furieux coups de timbales comme des battements de cœur qui ne cessent de frapper fort et vite jusqu'à la crise cardiaque fatale… L'ensemble sonore, dans son déchaînement général, donnait l'impression d'une danse macabre se déroulant sur un charnier d'innombrables cadavres gisants. Oto, à ce moment-là, sentit comme un étouffement causé par une douleur dans sa poitrine qui lui déchirait la cage thoracique. Le *tutti* fracassant, barbare, de l'orchestre transformé en monstre rugissant fut alors suivi d'une avalanche de battements frénétiques engendrée par la caisse claire résonnant pour Oto comme l'annonce d'une exécution imminente.

La transition avec le quatrième mouvement s'opéra sans rupture. Oto l'avait lu dans le livret d'accompagnement d'un CD de cet opus 65 : après deux déflagrations orchestrales accompagnées d'étourdissants coups de tam-tam, le thème posé par l'ensemble des cordes, des cuivres et des bois graves allait se transformer en passacaille, c'est-à-dire en une longue série de douze variations qui était, dans une tonalité sombre et recueillie, comme un requiem dédié aux victimes des désastres de la guerre. C'était en effet d'un requiem qu'il s'agissait. Dans un continuum sonore solide, mais discret, assuré notamment par les violoncelles et les contrebasses qui donnaient l'impression de tout faire pour retenir leurs larmes, chaque variation se trouvait exprimée par un instrument ou un groupe d'instruments : on entendait ainsi, tour à tour, un cor, un piccolo, des flûtes, des clarinettes, tisser ensemble un impressionnant tableau sonore. Et, à la fin, au moment précis où la musique passait du quatrième au cinquième mouvement, Oto fut saisi, comme chaque fois qu'il écoutait ce moment sur un CD, d'un tressaillement : la tonalité passait, en vertu de quelques petites notes jouées par trois clarinettes, à l'*ut* majeur comme si, brusquement, une éblouissante flèche de lumière perçait le ciel d'hiver couvert de nuages noirs ou comme si un voyageur égaré dans un désert trouvait providentiellement une oasis verdoyante. Les pensées d'Oto s'envolèrent alors vers ce clarinettiste russe, Vladimir, qui avait fait à Jun l'amitié de lui envoyer la partition de cette *Huitième symphonie*. Avait-il eu l'occasion de l'interpréter ? Si oui, avait-il songé, en jouant ce merveilleux passage, à son ami altiste japonais ? On sortait enfin d'un tunnel de ténèbres glaciales à n'en plus finir pour s'exposer avec joie à un ensoleillement doux et bienfaisant. Et c'était au basson de chanter ce soulagement. Calmement, le bassoniste posa trois notes – *do-ré-do* – et les répéta une fois avec une insouciance salvatrice avant de se livrer à une phrase champêtre, presque joyeuse. C'était le début du cinquième mouvement. Ce thème fut ensuite repris par les violons et varié par d'autres instruments. Oto était charmé par la beauté ouatée des cordes qui le transmettaient d'un pupitre à l'autre en forme de fugue, comme si, dans un match de rugby par exemple, le ballon sautait allègrement d'une main de joueur à une autre. La musique entière ressemblait à une gigantesque tapisserie de Lurçat où, sur un fond noir peuplé de mille figures de colorations diverses, brillent, de-ci, de-là, comme des signes d'une vie indestructible, d'impalpables étoiles d'un bleu lumineux. Or le torrent irrépressible de la musique façonnée autour de ce thème jovial aboutissait finalement, suivant les fils entrelacés de phrases criardes saturées de douleur, à des explosions assourdissantes de tout l'orchestre qui rappelaient le moment culminant du premier mouvement. La guerre n'était pas finie, loin de là. Ni les effets traumatiques qui vous envahissaient dans tout le corps. La zone de catastrophe était toujours là, intacte, abyssale, béante.

Mais, après un échange de mélodies contrastées entre le premier violon solo et le premier violoncelle solo, les trois notes du thème initial revenaient dans une teinte vaporeuse, d'abord avec le basson qui faisait ressortir son timbre chagriné, ensuite avec les premiers violons qui se montraient d'une douceur attristée. Puis, après une courte et attendrissante phrase jouée par le piccolo, le premier violon solo se mit à esquisser un motif d'une exquise délicatesse, une enfilade montante de notes aiguës comme un appel silencieux prononcé par une voix de soprane imitant le chant d'un oiseau solitaire. On entendit alors, sur un discret fond sonore d'une ineffable beauté, le *motif des trois notes* en *pizzicato* qui, accompagnées de la frêle sonorité d'une flûte, descendaient du ciel tout doucement tel un message phosphorescent envoyé par un ange aux ailes éployées. C'étaient d'abord et surtout les altos qui les façonnaient. Oto fixa son regard sur Mizuné. Elle jouait en dirigeant vers le haut son instrument dont le fond d'un rouge marron sombre reflétait la lumière d'un projecteur placé sur le bord de la scène. C'était comme l'image scintillante d'un soleil d'été à midi dans un bassin d'eau pure. Elle semblait regarder vers la coupole de la grande salle. Les notes de musique étaient comme des mots chuchotés qui se transmettaient doucement d'une oreille à l'autre ; des pensées secrètes semblaient se propager dans tout le théâtre. Après l'intervention des violoncelles qui murmuraient un motif descendant recueilli, ce fut aux contrebasses de redonner les trois notes finales – *do-ré-do* – sur un accord parfait de *do* majeur assuré par les autres cordes. Elles jouèrent les trois notes d'abord sans les détacher les unes des autres sous la forme de deux croches liées et une noire comme l'avaient fait précédemment les altos ; mais, à l'extrême fin de l'œuvre, chacune de ces trois notes, simples et miraculeuses, était une noire suivie d'un soupir, tandis que l'accord en *do* majeur joué *morendo* selon l'indication du compositeur – c'est-à-dire : « en diminuant le son jusqu'à son extinction complète » –, s'affaiblissait lentement, très lentement pour s'éteindre enfin dans le néant du silence environnant. C'était une longue et bouleversante prière d'une profonde quiétude, une prière universelle sans dieu, sans prophètes, sans religion, sans frontières, prière ardente sans paroles des âmes errantes qui revenaient de loin ce soir-là, de très loin, de leur vie anéantie, de leur passé radieux férocement englouti dans les ténèbres.

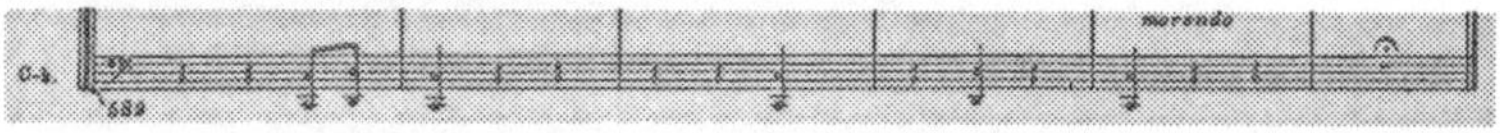

Un interminable silence de plus d'une minute maintint les auditeurs de la grande salle du Théâtre des Champs-Élysées dans une immobilité de statue. Personne n'osait parler, personne n'osait respirer.

Puis, ce fut une avalanche d'applaudissements.

33

Les acclamations frénétiques du public ne s'arrêtaient pas. Andris Lensons apparut pour la cinquième fois afin de saluer les musiciens aussi bien que les auditeurs. Il tenait un micro sans fil. Le chef d'orchestre adressa quelques mots aux deux musiciens qui avaient interprété en première partie l'œuvre de Mozart. Puis, il se tourna vers l'auditoire, fit un geste large des deux mains pour faire revenir le silence. Il parla d'une voix ferme, teintée d'un accent russe lié sans doute à sa formation à Saint-Pétersbourg :

— Merci beaucoup d'être venus ce soir à notre concert. Vous venez d'entendre la *Huitième symphonie* de Chostakovitch qui date de 1943. C'est une œuvre profondément marquée par les circonstances de l'époque. Elle exprime avec des moyens propres à la musique toute la violence de la guerre et ses effets ravageurs sur le psychisme humain. J'espère que ça ne vous a pas épuisés... Écouter la *Huitième* n'est pas une expérience facile, bien au contraire. Mais cela est nécessaire, me semble-t-il, dans un monde comme le nôtre toujours broyé par des conflits meurtriers, toujours menacé de disparition, alors que nous avons connu par le passé des catastrophes apocalyptiques. Pour vous souhaiter une soirée apaisante et une bonne nuit après l'exercice difficile et quelque peu douloureux imposé par Chostakovitch, nous voudrions maintenant vous proposer un bref moment de détente : nous allons interpréter un petit morceau qui, je l'espère, vous réchauffera le cœur. Les deux musiciens qui ont joué tout à l'heure la *Symphonie concertante* de Mozart vont jouer *Salut d'amour* d'Edward Elgar. Il s'agit d'un très joli morceau que le compositeur britannique a offert à sa femme lors de leur mariage. L'orchestre accompagnera leur belle et charmante conversation…

Des applaudissements de joie fusèrent.

Le premier violon solo et Mizuné se levèrent ; ils se placèrent à la gauche du podium. La main droite du chef d'orchestre (il n'avait plus de baguette) descendit doucement ; alors la musique commença, *pianissimo*. Une mélodie de velours jouée lentement par les cordes, accompagnées de quelques bois, vibrait onctueusement comme pour panser une plaie ouverte. Quand l'orchestre eut fini d'exposer l'affectueux thème initial, ce fut le tour des deux solistes de s'en emparer. Au fur et à mesure du déroulement de cette chuchoterie intime, des sourires contagieux passaient d'un musicien à un autre, d'un instrument à un autre, des cordes aux bois et aux cuivres pour former enfin une ronde de tendresse à laquelle participaient à leur tour le chef d'orchestre et, au bout du compte, toute l'assistance.

La causerie musicale se poursuivait paisiblement lorsque Andris Lensons descendit du podium et quitta discrètement la scène en saluant de la main droite le public enchanté. Puis, ce fut aux musiciens de disparaître de la scène les uns après les autres, comme cela se fait pour la symphonie de Haydn *Les Adieux*, tandis que les lumières se rallumaient progressivement pour illuminer chacun des visages qui semblaient hypnotisés par la grâce attendrissante de la musique.

Personne ne bougeait dans la salle. Sur la scène restèrent finalement les deux solistes qui ciselaient les dernières mesures de la charmante pièce. Lorsqu'ils eurent conclu leur conversation, les auditeurs manifestèrent leur contentement intérieur par une longue et vibrante ovation.

Puis, ils se dispersèrent.

Oto retrouva Agnès dans la foule enthousiasmée qui arrivait de l'autre côté de la salle et convergeait vers le hall d'entrée.

— Alors, ça vous a plu ?

— Oui... énormément, répondit Oto sans pouvoir ajouter un mot de plus.

Agnès crut voir que le jeune homme réprimait des larmes. Ils suivirent le mouvement des spectateurs et lorsqu'ils furent enfin sur le large trottoir de l'avenue Montaigne, Agnès reprit :

— Depuis que j'ai lu votre livre, cette musique a une place à part pour moi comme pour Mizuné. Je vous remercie de l'avoir écrit. Il m'a remis en relation avec *eux*...

Oto se contenta de lui sourire au lieu de formuler une réponse qui aurait manqué de justesse de toute façon.

— Attendons ici... Elle ne va pas tarder...

Après s'être changée, Mizuné alla saluer ses voisins altistes et le premier violon solo pour partager avec eux sa profonde satisfaction, son émotion toute particulière, au sujet de laquelle elle leur promit quelques mots d'explication pour une autre occasion. Enfin, elle alla frapper à la porte de la loge du maestro.

— Oui, entrez, dit une voix d'homme grave.

Andris Lensons, le visage perlé de grosses gouttes de transpiration, se reposait dans un large fauteuil.

— Ah !... Merci, c'était vraiment formidable, votre alto ! dit le jeune chef d'orchestre d'une voix gaie.

— Vraiment ? Merci beaucoup, répondit Mizuné.

— Fantastique, vraiment ! Vous avez, comment dirais-je, parfaitement réussi à montrer tout l'amour de Mozart pour l'alto !

— ... Je suis très honorée, très touchée. Il faut dire que j'ai un alto fantastique...

— Ah oui ? De qui ?

— J'ai un Gasparo da Salò.

— Formidable ! L'instrument est excellent, mais l'instrumentiste aussi ! Sinon, ça ne sert à rien... Mais... vous n'avez pas changé d'instrument pour Chostakovitch ?

— Si. Vous avez l'œil !

— J'ai été frappé par la couleur rouge sombre du second.

— J'ai deux altos qui me sont chers.

— Ah oui ?

— Le second s'appelle *Reine* et il est japonais ! En tout cas, je voulais surtout vous remercier de votre travail avec nous sur l'opus 65. Vous m'avez ouvert les yeux, vous m'avez fait comprendre des tas de choses... Vraiment. Merci infiniment.

— Mais, c'est moi qui vous remercie... Grâce à vous, j'ai maintenant une vision nouvelle de cette symphonie... Je ne suis pas près d'oublier ce que vous avez dit pendant la répétition à propos de la symbolique des trois coups de timbales et du martèlement des altos...

— Ah oui ? En fait, ce n'est pas moi... Ça vient d'un livre...

— Ah bon ? Quel livre ?

Mizuné sortit de son sac à main en bandoulière un petit calepin. Elle écrivit quelque chose à toute allure sur une page vierge qu'elle déchira avec précaution.

— Voilà. C'est ce livre. J'espère que vous reviendrez nous diriger bientôt...

— Je l'espère moi aussi.

Dehors, la foule des spectateurs s'était dispersée. Agnès et Otohiko attendaient Mizuné devant l'entrée du théâtre. L'air nocturne frais du début d'été fouettait agréablement les joues qui s'étaient réchauffées à l'écoute de l'interprétation d'une rare intensité de la symphonie chostakovitchienne.

— Excusez-moi, je vous ai fait attendre, cria Mizuné en accourant avec empressement. Je suis allée dire au revoir au chef...

— Pas de souci. On discutait tranquillement, répondit Agnès. Il fait tellement bon après la chaleur du concert...

— Il était content, le chef ?

— Oui, très.

— C'était génial, Mizuné ! Je n'ai jamais rien entendu

d'aussi beau. Ça m'a remué les tripes, dit Oto d'une voix à la fois calme et émue.

— Merci, Oto. Je suis soulagée d'avoir fini !...

— Je t'ai regardée plusieurs fois pendant la *Huitième*... Tu avais l'air très émue...

— Ah oui ? Ça se voyait ? Je ne pouvais pas m'empêcher de penser à notre grand-père...

Après un moment de silence, Mizuné poursuivit en regardant Oto dans les yeux.

— J'ai pensé aussi à nous... nous qui sommes au bout de cette étrange chaîne de vies et de morts, de ce mystérieux fil de destins qui nous fait exister...

— Mizuné, interrompit Agnès, on va se poser quelque part, non ? au lieu de continuer à parler dans le noir ?

— Tu as raison, maman, excuse-moi...

— En fait, s'écria Oto, j'ai réservé une table tout près d'ici. Si vous voulez, on peut y aller maintenant...

Ils commencèrent à marcher dans la direction du rond-point des Champs-Élysées. Une brise douce et tiède se leva alors, faisant légèrement voltiger les cheveux ondulés de Mizuné qui reflétaient la lumière jaune-orange du réverbère. Oto crut entendre comme un frémissement tout à la fois familier et lointain : le bruit du frôlement des ailes d'une libellule rouge en train de se poser, par une fin d'après-midi crépusculaire de début d'automne, sur une grande fleur de lotus de couleur blanc rosé devant laquelle, adolescent, il s'émerveillait lors de ses promenades solitaires dans les ruelles presque endormies de Nogata.

Épilogue

34

Au cours de la nuit qui le plongea dans un sommeil agité par les multiples résonances du concert, Oto s'enfonça dans un rêve où il crut assister à un mariage. Au fond d'un couloir obscur, un homme et une femme se tenaient debout devant une installation qui ressemblait à un autel. L'homme se confondait avec les ténèbres environnantes, tandis que la femme, dans toute la blancheur de sa robe de mariée, rayonnait d'une lumière étrange dont on ignorait l'origine. Il se rapprocha d'eux. Une musique se fit entendre peu à peu. Il crut distinguer un instrument à cordes... Il voyait le couple de dos. La femme donnait à l'homme son bras gauche. Il tourna son regard vers l'homme, mais celui-ci n'était qu'une ombre noire en habit de cérémonie.

Le lendemain, le samedi 21 juin, Oto raconta son rêve à Mizuné. Celle-ci sursauta et lui dit qu'elle avait fait pratiquement le même rêve, mais inversé : dans l'obscurité de son sommeil, c'était la mariée blanche qui apparaissait comme une ombre fantomatique.

Ils étaient assis l'un en face de l'autre, à une petite table carrée, au fond de la salle bruyante du *Rostand*. Sans dire un mot, Oto prit timidement la main de Mizuné entre les siennes. Les deux paumes délicatement ouvertes et la main douce et diaphane de la jeune femme entre les deux faisaient penser au geste d'un médecin accoucheur qui assure l'arrivée au monde d'un nouveau-né. Il la regardait dans les yeux, ému, en serrant sa main. L'autre main de Mizuné se posa alors sur celles d'Oto ; et elle lui lança un regard doux accompagné d'un sourire radieux.

Ce soir-là, Mizuné resta éveillée jusqu'à une heure avancée de la nuit. Le sommeil ne venait pas, alors qu'elle était épuisée. Elle restait sous l'émotion de son dernier rendez-vous avec Oto, dans le prolongement du concert exceptionnel. Tout à coup, elle entendit la petite sonnerie de son ordinateur signalant la réception d'un message électronique. C'était une longue lettre d'Oto qui se terminait par les mots suivants :

De : Otto Takosch
Date : samedi 21 juin 2008
À : Marie-Mizuné C.
Objet : Passé et avenir

Ma très chère Mizuné,

(...)

Chacun arrive au monde en compagnie de sa seule solitude, portant au fond de soi l'empreinte d'un passé plus ou moins lourd à porter. C'est aussi en compagnie de sa seule solitude que chacun quitte le monde. Entre ces deux solitudes s'étend l'espace de la vie où il est peut-être possible de partager joies et peines de l'existence. Jun et Anna n'ont pas eu cette possibilité. Nous en gardons la trace comme une plaie jamais cicatrisée. Par un hasard miraculeux que je crois nécessaire, nos chemins de vie se sont croisés. Nous pourrions peut-être en faire un seul pour marcher ensemble l'un à côté de l'autre…

Le dimanche matin, Oto se réveilla aussi tôt que d'habitude alors qu'il s'était couché bien tard. Lorsqu'il ouvrit sa messagerie en prenant son café matinal, il trouva un courriel de Mizuné.

De : Marie-Mizuné C.
Date : dimanche 22 juin 2008
À : Otto Takosch
Objet : Rep. Passé et avenir

Mon très cher Oto,

Merci beaucoup pour ta longue lettre !

Voici en réponse ce que j'ai enregistré pour toi cette nuit avec *Reine* qui sonne vraiment très bien. C'était merveilleux de jouer l'opus 65 sur cet instrument. *Reine* est une vraie reine et, si j'ose dire, ma reine de cœur.

Je t'embrasse très fort.

À très vite,

Mizuné

Réponse.mp3
4,1 MB

35

Vers la fin du mois de mars 2008, Otohiko avait eu l'occasion de faire un voyage d'une semaine au Japon. Il accompagnait, en qualité d'interprète-traducteur, un groupe de journalistes francophones désireux d'enquêter sur les *hibakusha*, les irradiés de Hiroshima et de Nagasaki, soixante ans après les catastrophes des 6 et 9 août 1945. Tout le planning terminé, ils étaient revenus à Tokyo. Otohiko avait alors proposé à deux jeunes du groupe, l'un Français, l'autre Suisse – il s'était particulièrement bien entendu avec eux –, d'aller visiter, dans la lointaine banlieue tokyoïte, le musée Maruki où sont conservés les fameux panneaux de la bombe atomique réalisés entre 1950 et 1982 par le couple de peintres Iri et Toshi Maruki. Les deux visiteurs européens furent profondément marqués par les fantômes noirs qui erraient dans le silence du musée quasi désert.

Otohiko avait prévu de passer la dernière soirée avec son père chez lui à Nogata. Takashi, n'ayant pas vu son fils depuis presque deux ans, l'attendait avec une impatience fébrile. Otohiko arriva à la maison vers dix-neuf heures. Au milieu de la table de la salle à manger était placé un immense plat en forme de poisson où une vingtaine de sushis étaient joliment posés. À côté du poisson en céramique trônait une bouteille de nuits-saint-georges. De la cuisine émanait la bonne odeur de la soupe de miso.

Son père était en kimono. Ah, se dit Otohiko, il a mis le kimono de sa mère, celui-là même qu'elle avait confectionné toute seule à son intention quelque temps avant son décès. Voyant qu'une bougie était allumée dans le petit sanctuaire bouddhique, il se présenta, toute affaire cessante, devant la photo de sa mère pâlement éclairée.

La soirée fut gaie. Le père était au comble du bonheur en compagnie de son fils : il se réjouissait de sa réussite bien méritée, fruit de son imperturbable effort. Il était ivre de son ivresse procurée par la présence de son fils, agréablement amplifiée par la saveur du vin de Bourgogne.

— Tu as donc rencontré ta demi-cousine ? interrogea Takashi de but en blanc sur un ton à la fois jovial et affectueux.

— Oui.

— C'est quand même extraordinaire, ce qui t'arrive ! J'espère que tu me la présenteras un jour..., ajouta-t-il en lançant un regard furtif vers la bougie qui projetait un halo orange dans le recoin obscur de la salle à manger.

Tout au long du dîner, ils réfléchirent à la manière d'organiser une rencontre avec Mizuné et sa mère, sans pour autant aboutir à une quelconque décision.

Il se faisait tard. Il fallait qu'Otohiko retourne à l'hôtel.

— À bientôt, papa. Je te tiendrai au courant de l'avancement de ce *projet du siècle*, assura Otohiko d'une voix attendrissante qui s'accompagnait d'un léger sourire.

— Attends, j'ai quelque chose pour toi. J'en ai pour une minute, dit son père d'un ton énigmatique.

Takashi revint avec une caisse noire oblongue dans les bras.

— C'est l'alto de mon père. Il ne sert à rien ici. Tu le lui donneras. C'est à elle de le conserver. Ça a plus de sens, tu ne crois pas ? Plutôt que de le laisser à l'abandon ici...

Oto ouvrit l'étui rectangulaire. Un alto d'un brun orangé, aux cordes distendues ou cassées, couvert d'une épaisse couche de poussière grise, fit son apparition. Il prit délicatement l'instrument comme s'il tenait un animal blessé entre les mains. Il remarqua alors, dans un coin de l'étui, un vieil imprimé d'un assez petit format. C'était la partition d'orchestre de la *8e symphonie* de Chostakovitch. Un mot et une signature étaient apposés dessus à côté du titre : *Amitiés vives et fraternelles, Vladimir. 03/05/1944, à Moscou.*

Rentré à Paris, Oto avait remis sans tarder l'instrument de son grand-père à Mizuné. Celle-ci en fut bouleversée. Elle le confia aussitôt à son luthier pour qu'il l'exhumât de son sommeil sépulcral de soixante ans. Deux mois plus tard, l'alto de Jun Mizukami, ressuscité, d'un rouge marron sombre, brillant d'une couche de vernis nouvellement appliquée, revint entre les mains de Mizuné. En le sortant du nouvel étui de couleur bordeaux, le luthier déclara :

— Il est maintenant parfaitement opérationnel. Tu sais, c'est un très bon alto. Il a été fait en 1936 par un certain Masakichi Suzuki, d'après le petit morceau de papier collé à côté de l'âme... Il a même un nom : il s'appelle *Reine*. Tiens, je l'ai photographié pour toi.

— Merci, c'est très gentil. Je vais l'essayer…

— Vas-y. En fonction de ce que tu sens, je vais procéder à de petits réglages… Utilise cet archet, si tu veux…

Après un bref moment de concentration, Mizuné commença à jouer la transcription pour alto du *Prélude* de la première *Suite pour violoncelle seul* de Bach. Les yeux de l'interprète, fermés pendant toute l'exécution, ne se rouvrirent qu'au bout de deux minutes quarante secondes, lorsque la dernière note eut fini de faire vibrer le silence de l'atelier du luthier.

— C'est très beau, Mizuné. Il porte bien son nom : il sonne majestueusement… comme une reine quoi, tu ne trouves pas ?

— Il est absolument extraordinaire, je n'en reviens pas… Mais tu as beaucoup travaillé, je suppose…

— Tu ne crois pas si bien dire… Tu sais, en lutherie, on ne peut pas faire d'une pierre un diamant… Mais, justement, il m'a semblé que *Reine* était un vrai diamant qu'il fallait polir… Je me demande ce qui a bien pu amener en 1936 ce Suzuki à faire de la lutherie dans un Japon en pleine guerre…

Ayant appris que l'alto de son grand-père était l'œuvre de Masakichi Suzuki, Oto se documenta sur lui. Cet ancien fabricant de *shamisen*, l'instrument de musique traditionnel à trois cordes, était l'un des premiers luthiers japonais et le père de Shin-ichi Suzuki qui créa en 1946 la fameuse méthode Suzuki pour l'apprentissage du violon.

Un jour de début juin, Oto avait revu Mizuné au *Rostand* comme d'habitude ; il lui avait fait part du résultat de sa petite recherche sur le luthier japonais :

— *Reine* est la transcription phonétique des deux idéogrammes que tu vois sur la photo. C'est le nom que Masakichi a donné à cet instrument. Ça se prononce : *ré-i-né*, et cela veut dire « Merveilleuse sonorité ». Ça n'a donc rien à voir avec le mot français *reine*. Mais quel bel écho inattendu entre le mot japonais et le mot français ! Tu reconnais peut-être le *kanji* que nous portons tous les deux… le deuxième…

麗音
ré-i-né

— Ah oui, bien sûr. Comment ne pas le reconnaître ? J'ai même appris à l'écrire ! Regarde, répondit joyeusement Mizuné en traçant soigneusement sur l'addition aux trois quarts déchirée les neuf traits qui composent l'idéogramme.

36

Oto cliqua sur le fichier mp3.

Une musique pleine de pensées tendres sortit de son ordinateur. C'était le *Salut d'amour* qu'elle avait joué en solo sur l'instrument régénéré de son grand-père.

37

Trois années passèrent.

Trois années meublées de rencontres, de concerts, de récitals, d'écriture, de voyages, mais aussi de calmes réflexions, de démarches fastidieuses, de doutes paralysants, de vives discussions, et enfin d'une petite et intime cérémonie qui réunit quelques amis et la famille...

38

Il était un peu avant onze heures. Il y avait trois femmes dans la salle d'attente. C'était bientôt le tour de Mizuné. Elle lisait, en patientant, les nouvelles sur l'écran de son smartphone. Elle apprit qu'un séisme de magnitude 9,1 sur l'échelle de Richter avait frappé, quelques heures auparavant, la région du Tohoku dans le nord du Japon. Il avait provoqué un tsunami sans précédent qui avait dévasté toute la côte. Le nombre de victimes et de disparus était considérable. En plus, une centrale nucléaire avait été inondée...

Otohiko était cloué à son ordinateur. À l'autre bout de la planète, une attention particulière était portée au black-out de la centrale nucléaire de Fukushima Daiichi. L'impossibilité, en raison de la coupure de courant, de refroidir les réacteurs rendait probable la fusion du cœur. C'était la panique. Le porte parole du gouvernement et les spécialistes sollicités tentaient de rassurer les populations en soulignant que tous les efforts étaient conjugués pour éviter le pire. Quant à la presse européenne, elle était nettement plus anxiogène. Photos choquantes à l'appui, on parlait de catastrophe et d'apocalypse...

Mizuné envoya à Oto un SMS : « Tu as lu la nouvelle sur le tsunami ? »

Oto lui répondit immédiatement : « Oui, c'est gravissime. Mais mon père va bien. Rien n'a été détruit chez lui... » Il avait en effet téléphoné à son père à Tokyo pour s'assurer de sa sécurité dans cette situation de crise. Il avait réussi à l'avoir au bout de plusieurs tentatives. De toute sa vie, Takashi n'avait connu des secousses aussi violentes, mais, à part quelques livres qui étaient tombés des étagères, pas de dégâts, ouf... Il allait bien, même si certains articles comme le papier hygiénique commençaient à manquer dans les supermarchés.

Oto se rassit devant son écran d'ordinateur pour suivre les opérations de refroidissement des réacteurs en fusion. Il voyait des hélicoptères en train de déverser de l'eau...

Mizuné rentra vers midi et demi.

— Ça va ? Tu es inquiet ?

— Oui. D'après mon père, même à Tokyo qui est quand même à deux cent cinquante kilomètres de l'épicentre, ça a tremblé très fort. Il a eu très peur, mais la maison a parfaitement résisté.

— C'est rassurant...

— Mais... ce qui ne l'est pas, c'est la centrale nucléaire... D'après ce que j'ai cru comprendre, il faut absolument arriver à refroidir les réacteurs... Sinon, c'est la cata... C'est un peu comme si une troisième bombe atomique nous frappait...

Oto, brusquement, sombra dans un silence songeur en lançant un regard furtif sur son écran d'ordinateur.

— Au fait, ça s'est bien passé ? demanda-t-il quelques secondes après.

Il regardait et caressait le ventre nettement proéminent de sa femme. Tout à coup, il fut assailli par une angoisse terrible : son cœur palpitait ; son corps frissonnait ; son esprit, fortement ébranlé, errait tous azimuts, sans but précis, à tel point qu'il sentait tout son être noyé dans un état de dispersion immaîtrisable. Enfin, toujours en proie à une agitation de cœur presque douloureuse, il leva la tête. Mizuné lui adressait un sourire éblouissant. Alors, celui-ci, comme par enchantement, fit revenir le calme dans l'âme de son mari. Mizuné répondit :

— Oui, très bien. Elle m'a demandé si je voulais savoir si c'est un garçon ou une fille. Il paraît qu'à partir de la vingt-cinquième semaine, on peut connaître le sexe du bébé à l'échographie. J'en suis à la vingt-septième, moi.

— Et alors ?

— J'ai hésité... puis finalement j'ai répondu : « Je voudrais bien... » Alors, elle m'a dit que... Devine.

— C'est une petite fille !

— *Oui-i-i-i* ! Tu es content ?

— Ah oui. J'aurais été content avec un garçon aussi ! Mais ce serait formidable d'avoir une petite fille qui te ressemble !

— Il faudra penser à son prénom bientôt...

— J'y ai déjà pensé !

— Ah oui ? Tu ne m'en avais pas parlé...

— Parce qu'on ne savait pas encore... Je ne voulais pas être ridicule...

— Et alors, ce prénom ?

— Tu veux le connaître tout de suite ?

— Bien sûr que oui !

— Qu'est-ce que tu penses de « Mona » ?

— C'est joli. Ça me fait penser à Mona Lisa…

— Ah oui… c'est vrai… Mais, moi, pas une seconde je n'ai pensé au modèle de Léonard de Vinci !

— Alors pourquoi Mona ?

— J'ai tout simplement pris une lettre dans le prénom de chacune des quatre personnes dont cet enfant portera la mémoire : Mizuné, Otohiko, JuN et AnnA…

Mizuné, sans prononcer une parole, entoura de ses bras le cou de son mari avant de poser un baiser sur ses lèvres. Ils pensaient tous les deux, chacun de son côté, à l'inoubliable concert du 20 juin 2008 et à l'apparition fugace de cet étrange couple fantomatique qu'ils avaient entrevu, cette nuit-là, dans leurs rêves respectifs.

— Tu sais, je ne te l'ai pas dit, mais moi, j'avais pensé à « Reine », souffla Mizuné en gardant toujours ses bras noués autour du cou de son mari.

— Ah oui ? « Reine » comme la femme d'un roi ?

— Oui. C'est une idée qui m'est venue à l'esprit quand j'ai su que j'étais enceinte… en pensant à la possibilité que ce soit une fille…

— C'est un prénom rare, ça… Non ? En tout cas, je ne connais personne qui s'appelle Reine.

— Il est rare, c'est vrai, mais il existe. Au Conservatoire, une fois, j'ai eu la chance de rencontrer une violoncelliste pour une leçon de musique de chambre… Elle était assez âgée, sans doute à la fin de sa carrière, mais elle était extraordinaire. Elle s'appelait Reine Flachot.

— Ah oui ?…

Oto devint songeur comme s'il fouillait dans ses lointains souvenirs.

REMERCIEMENTS

À Danièle Laridan et Sumiko Kurata. Leur histoire fut une lointaine source d'inspiration.

À Junpei Gomikawa (†), l'auteur de *La Condition de l'homme* (1956-1958). Mon père, en tant qu'ancien soldat de troisième classe de l'Armée impériale nipponne, se reconnaissait dans la figure de Kaji, personnage principal de cette œuvre romanesque.

À Masaki Kobayashi (†), le réalisateur du film-fleuve *La Condition de l'homme* (1959-1961), adapté du roman de Junpei Gomikawa.

À l'acteur Tatsuya Nakadai pour l'épisode du bras arraché d'une petite fille. C'est lui, par ailleurs, qui incarne magnifiquement le personnage de Kaji dans le film précité de Masaki Kobayashi.

À Akira Fujiwara (†), l'auteur de *Notes sur ma vie de soldat sur le front chinois* (2002).

À Haruki Murakami. La lecture, d'une traite, du *Meurtre du Commandeur* en janvier 2019 fut le déclic de l'écriture de *Reine de cœur*.

À Andris Nelsons. Son interprétation fulgurante de la 8e *symphonie* de Chostakovitch à la tête de l'Orchestre philharmonique de Berlin (concert du 16 octobre 2010) m'a accompagné tout au long de l'élaboration de *Reine de cœur*.

À Jean-Marie Laclavetine, puisque ce livre, comme le précédent, *Âme brisée*, est peuplé de fantômes, de *morts-vivants*.

Composition : Soft Office
Achevé d'imprimer
par CPI Firmin-Didot
à Mesnil-sur-l'Estrée, en février 2022
Dépôt légal : février 2022
Numéro d'imprimeur : 168712

ISBN : 978-2-07-298405-1/Imprimé en France

440827